Gerd Kerscher – Notfalleinsatz... ... Sonderrecht

Herstellung und Verlag:
BoD – Books on Demand, Norderstedt

Text, Umschlaggestaltung, Fotos, Satz und Layout:
Gerd Kerscher

ISBN 978-3-7357-8492-6

2

Die Idee zu diesem Buch ist schon einige Jahre alt, als ich zum ersten Mal ein Buch mit Rettungsdienst- und Feuerwehrerzählungen aus den USA in die Hände bekam.

Im deutschsprachigen Raum war mir eine derartige Geschichtensammlung nicht bekannt und auch heute muss man noch immer suchen um etwas zu finden. Andererseits bin ich der Überzeugung dass die Einsatzkräfte in Deutschland nicht weniger interessante und berichtenswerte Erlebnisse aus dem Alltag haben, als die Kollegen in den USA.

In der Vergangenheit habe ich die Umsetzung dieser Idee in die Tat immer wieder verschoben, teilweise aus Zeitmangel, teilweise weil ich mich einfach nicht dazu durchringen konnte mich auf den Hintern zu setzen und Auszüge aus sechzehn Jahren Rettungsdiensterfahrung zu Papier zu bringen.

Jetzt aber ist es doch endlich soweit: Komische, skurrile, kuriose, aber teilweise auch nachdenklich machende Erlebnisse aus dem tiefsten Südwesten Deutschlands.

Ich habe in den Geschichten, zum Schutz der Privatsphäre, absichtlich keine Namen von Betroffenen genannt und auch Ortsnamen, soweit nicht absolut notwendig, weggelassen. Dennoch sind durchweg alle Geschichten authentisch und nicht erfunden.

Ich möchte daher allen Kollegen danken, die in irgendeiner Form dazu beigetragen haben, dass dieses Buch schlussendlich doch noch geschrieben wurde. Insbesondere möchte ich für die Beiträge meiner Kollegen Armin Bach und Rolf Fricker bedanken, sowie für die moralische und tatkräftige Unterstützung meiner Frau Christiane und meiner Tochter Jennifer ("Papa, ich will auch mal am Computer rumdrücken").

Dieses Buch ist allen Angehörigen von Rettungsdienst, Feuerwehr und Polizei weltweit gewidmet, die täglich ihr Leben für Andere auf Spiel setzen.

PROLOG

Es wird im Allgemeinen der Gattung „Mensch" unterstellt, dass eine gewisse Grundintelligenz vorhanden ist.
Bei manchen Exemplaren mehr, bei manchen Exemplaren weniger.
Nun, nach meinen erneuten Erfahrungen von heute Nacht, muss ich offen bekennen, dass ich augenscheinlich zu den Letztgenannten gehöre, zumindest in einem Bereich:

Ich bin unfähig, mir einen Terminkalender anzulegen, in dem der „schmutzige Dunnschtig", der Beginn der intensiven Fastnachtsbetätigungen im alemannischen Raum - entsprechend mit einer großen, roten und unmissverständlichen Warnung versehen ist: *HEUTE KEINEN NACHTDIENST MACHEN !!!!!!!!*

Aber wie gesagt, ich habe wieder mal nicht darauf geachtet.
Der „schmutzige Dunnschtig" kennzeichnet sich dadurch, dass irre Gestalten, in weiße Nachthemden und Bettlaken gehüllt, jeglichem Vermummungsverbot trotzend, laut gröhlend durch die Nacht ziehen und sich mit immer weiter fortschreitender Zeit die unnachahmliche und nach den Erfahrungen der letzten Nacht auch unvermeidliche Aura einer Alkoholleiche zulegen.
Tja, wenn es wenigstens nur Alkoholleichen gewesen wären und nicht der dem Menschen innewohnende Trieb des Jägers und Sammler bei manchen Zeitgenossen intensiv geweckt

worden wäre: Zuerst jagen wir einen X-beliebigen Zeitgenossen, dessen Nase uns nicht gefällt und lassen diesen danach einige gezielte Schläge sammeln, mit dem allgemeinen Ergebnis, dass die Nase des Gegenübers zwar immer noch nicht gefällt, aber jetzt wenigstens komplett anders aussieht - und das nicht nur farblich.

So durften also meine Kollegin, die des Terminkalenderführens gleichermassen untauglich ist und ich die Ergebnisse der intensiven Betätigungen dieser Mitglieder des Bundes deutscher Hobbychirurgen auflesen und qualifizierten Händen zuführen, die sich wenigstens den Versuch einer professionellen Wiederherstellung des Status quo ante zutrauen.

Auch das nimmt der geduldige und berufserfahrene Rettungsassistent mit einer gewissen fatalistischen Schicksalsergebenheit hin, schließlich war man ja auch im Vorfeld nicht in der Lage, den Termin entsprechend vorzumerken. Zu freudiger Erregung führt dann aber die weitere Erkenntnis, dass wir mit unserem Fahrzeug die einzigen Dummen im Landkreis sind, die eine Fahrt nach der anderen machen müssen, weil sich die Spezies der besoffenen Fastnächtler, oder Hemdglunkis, wie es im tiefsten Südbaden heißt, im Anfall eines logistischen Geistesblitzes augenscheinlich genau in unserem Rettungsdienstgebiet gesammelt hat um uns das Leben nach Mitternacht nachhaltig zu verschönen.

Zugegeben, einen Vorteil hat das Ganze: 99,9% der Patienten können mit der allgemein gültigen Diagnose „Zustand nach PAM" (für Nichteingeweihte: _P_aar _A_ufs _M_aul) abgearbeitet

werden. Das hat aber leider den Nachteil, dass die Konversationsfähigkeit, die durch den selbstverständlich äußerst minimalen Alkoholkonsum der Fahrgäste sowieso eingeschränkt ist, durch die spontanen Eingriffe der hobbychirurgischen Laienspielgruppe noch weiter nachhaltig negativ beeinflusst wird. Versuch mal von so jemandem die Personalien allgemeinverständlich zu bekommen, damit wir überhaupt erst einmal wissen, wem wir die Freude einer Taxifahrt auf Kosten der Versichertengemeinschaft bereiten können, schließlich sind wir nicht alle Zahnärzte, die sich notgedrungen im Laufe vieler Berufsjahre eine Konversationsfähigkeit jenseits aller linguistischen Grenzen angeeignet haben. Wenn man dann zur allgemeinen Heiterkeit noch feststellen darf, dass der liebe Patient, der sich gerade noch freiwillig und schnellstmöglich unter professioneller Aufsicht des Rettungsdienstes in die Hände des besten diensthabenden Chirurgen des örtlichen Krankenhauses begeben wollte, beim Anblick der Betäubungsspritze einen massiven Anfall eines schon fast pathologischen Schmerzbewusstseins entwickelt, weil man ihn ja mit der Spritze stechen könnte, was in der Folge möglicherweise auch ein klein bisschen „AUA" machen könnte, mit dem Endergebnis endet, dass der eben noch nach eigener Einschätzung höchst Hilfsbedürftige das Krankenhaus ohne Inanspruchnahme von Behandlung wieder verlässt, so hebt das die eigene Motivation auf ungeahnte Höhen.
Zugegeben, man benötigt immer noch eine gute Schaufel und eine Spitzhacke um den Spitzenwert dieser erwähnten Motivation

auszugraben, aber man ist ja nicht wählerisch, schliesslich hat man es sich ja selbst zuzuschreiben, wenn man zu dumm ist den Kalender entsprechend zu lesen.

In diesem Sinne: Gute Unterhaltung und frohes Lesen

Notfallseelsorge der besonderen Art

Die Einrichtung der Notfallseelsorge in der heutigen Notfallrettung ist sicher sinnvoll und unbestritten. Es kommt jedoch manchmal in diesem Bereich zu einer unerwarteten Eigendynamik. Wir waren als Besatzung des Rettungswagens einer kleinen Stadt im Südschwarzwald von der Leitstelle zu einem Patienten in einem etwas abgelegeneren Dorf mit der Meldung geschickt worden, dass dieser Patient eine stark blutende Wunde habe. Als wir an der Einsatzstelle ankamen fanden wir auch einen Patienten mit stark blutender Wunde am rechten Ellenbogen vor. Wer kann da noch behaupten, dass die Leitstelle nie Recht hat. Unser Patient berichtete uns, dass er vor einigen Tagen eine Operation an eben diesem Ellenbogen hatte. Er sei jetzt leider gestolpert und dabei genau auf diesen, noch mit einer Gipsschiene ruhiggestellten, Ellenbogen gefallen. Sein Sohn habe daraufhin die Klinik, in der er operiert worden war angerufen und zur Antwort erhalten, dass er bitte auf dem schnellsten Weg seinen Vater wieder in diese Klinik bringen solle. Der Transport mit dem Rettungswagen in diese Klinik hätte ungefähr eine Stunde gedauert, der Transport in jede andere geeignete Klinik auch in etwa eine Stunde. Aufgrund der starken Schmerzen des Patienten und des sehr langen Transportweges über schmale Kreisstraßen mit entsprechenden Fahrbahnzustand der Kategorie „besserer Feldweg" entschieden wir uns, den Rettungshubschrauber nachzufordern und an einer grösseren Kreuzung knapp oberhalb der

Einsatzstelle die Übergabe an den Hubschrauber vorzubereiten. Zwölf Minuten nach Alarmierung setzte der Rettungshubschrauber auch planmäßig auf der vorgesehenen Kreuzung auf. Notgedrungen mussten demzufolge einige Fahrzeuge wegen der vorübergehend vollständig blockierten Kreuzung warten. Als wir gerade mit der Hubschrauber-Besatzung dabei waren, den Patienten auf die Trage des Hubschraubers umzulagern kam plötzlich ein grosser, hagerer Mann in schwarzem Talar auf uns zugestürmt und sprach unseren, inzwischen vollständig versorgten und abgesehen von seiner Verletzung putzmunteren Patienten mit folgenden Worten an: „Ja, mein Sohn, unsere Sünden bereuen wir noch in dieser Welt." Dies war der Moment in dem sechs Personen (RTH-Besatzung, RTW-Besatzung und Patient) zeitgleich die Kinnlade herunterfiel. Wir hatten ja mit viel gerechnet, aber auf eine letzte Ölung der Version „Instant" waren wir sicher nicht gefasst, zumal unser Patient weder katholisch war, noch mit dem Leben abgeschlossen hatte.

Namensgebung....

Es ist zwar eine feste Regelung, dass man sich am Funk so kurz wie möglich, aber trotzdem so klar wie nur möglich fassen soll. Jedoch funktioniert dies nicht immer wie beabsichtigt, wie das folgende Gespräch belegt:
Leitstelle: 3/83/1, ich bräuchte noch einen Namen.
Fahrzeug: Hätten das nicht deine Eltern erledigen sollen?

10

Das Ergebnis war erst einmal eine kurze Pause am Funk in der man förmlich fühlen konnte, wie der angesprochene Disponent um eine Antwort ringen musste.

Letzte Hilfe

Es gibt durchaus Alarmierungen, bei denen die absolut korrekte Einsatzmeldung der Leitstelle dazu führt, dass die Besatzung des alarmierten Rettungsmittels einen größeren Lachanfall zu überstehen hat. Die folgende gehört sicher dazu:
„Fahren sie an den örtlichen Friedhof, durchs Hauptportal, 2. Reihe rechts, erste Grabreihe. Da liegt einer, wahrscheinlich tot."
Dass der ebenfalls alarmierte Notarzt diese Meldung auch als Scherz auffasste versteht sich hier als Selbstverständlichkeit. Nichts desto trotz fuhren wir die Einsatzstelle an.
Etwa fünf Minuten nachdem wir an der Einsatzstelle angekommen waren und an der Örtlichkeit, trotz intensiven Suchens, keinen Patienten vorfanden konnten wir uns die Rückmeldung „Hier liegen jede Menge Tote, aber wir weigern uns, die Schaufel auszupacken" einfach nicht verkneifen.
Zur Ehrenrettung der Leitstelle muss aber erwähnt werden, dass man deutlich erkennen konnte, dass auf einem Grab irgendjemand seinen Rausch ausgeschlafen hatte und von einem Friedhofsbesucher als dringend hilfsbedürftig eingestuft worden war.

11

Big Brother

Aus vermeintlich gut informierten Quellen wird gerne behautet, die Leitstelle wisse alles.

So kam es zu leichtem Unverständnis bei der Besatzung eines SAR-Hubschraubers der Bundeswehr, als sie vom diensthabenden Leitstellendisponenten über Funk angesprochen wurden, dass noch ein weiterer Rettungshubschrauber auf Anflug zum selben, maximal einen Hubschrauber fassenden Landeplatz des Kreiskrankenhauses sei.

Landung eines REGA Hubschraubers auf dem erwähnten Landeplatz

Irgendwie konnte der Disponent die Antwort des Hubschrauberpiloten nicht ganz in seinen Hirnströmen umsetzen, dass nur Platz für einen Hubschrauber auf der Plattform sei, denn er fragte völlig im Ernst nach, ob denn der Hubschrauber nicht ein bisschen versetzt werden könne, damit der 2. Heli auch noch Platz habe. Diese Diskussion endete erst, als der Pilot den Disponenten ultimativ aufforderte, doch bitte selbst vor Ort zu kommen und sich von den Platzverhältnissen auf dem Helipad zu überzeugen um Theorie und Realität wieder zu synchronisieren.

Einsatzfreudig

Wir wurden um die Mittagszeit von der Leitstelle zu einem Einsatz mit dem Stichwort NAP (= nicht ansprechbare Person) geschickt. Vor Ort stellte sich heraus, dass der Patient einen Kreislaufstillstand erlitten hatte und wir mit der Wiederbelebung beginnen mussten.

Da wir in unserem Bereich zu diesem Zeitpunkt noch keine grundsätzliche Notarztalarmierung hatten, forderten wir über die Leitstelle umgehend den Notarzt nach. Etwa zwanzig Minuten nach Alarmierung des Notarztes traf dieser dann auch endlich an der Einsatzstelle ein, die in etwa einen Kilometer vom Krankenhaus entfernt lag. Auf unsere Frage, weshalb es denn so lange gedauert hatte antwortete unsere sichtlich genervte Notärztin, dass sie von einer Zivilstreife der Polizei abgeholt worden war, die sich auf der Fahrt zur Einsatzstelle ohne Blaulicht und Martinshorn gemütlich noch die Zeit genommen hatte, eine Verkehrskontrolle eines Autofahrers durchzuführen. Die lautstarken Proteste unserer Notärztin hatten die beiden einsatzfreudigen Beamten offensichtlich nicht weiter berührt. Dienst ist Dienst. Die „Taxifahrt" ist eben nur Nebensache.

Was ich nicht weiß....

Mein Kollege und ich hatten Dienst auf dem KTW. Unser zugeteiltes Fahrzeug war ein Krankenwagen, der noch dem Bundesverband des Roten Kreuzes im Rahmen des Katastrophenschutzes gehörte und daher ein Bonner Kennzeichen hatte. Wir bekamen kurz nach sieben Uhr morgens von der Leitstelle den Auftrag, einen Patienten vom Krankenhaus zur Dialyse am Ort zu fahren. Daraufhin gingen wir zu unserem Fahrzeug, das wir vorher kurz durchgesehen hatten und fuhren zum angegebenen Krankenhaus um den Patienten abzuholen.

Als wir den Patienten aufgenommen hatten und auf dem Weg zur Dialyse waren, funkte uns die Leitstelle an und wollte wissen, wie denn das Kennzeichen des Fahrzeugs laute. Wir sollten doch bitte einmal kurz nachsehen. Als wir eine Minute später an der Dialyse ankamen und einen Blick auf das Nummernschild werfen wollten, stellten wir zu unserer nicht gerade geringen Überraschung fest, dass überhaupt kein Kennzeichen an dem Fahrzeug angebracht war. Als wir diese Tatsache unserer Leitstelle versuchten mitteilten, konterte der diensthabende Disponent mit dem Kommentar, dass er genau das mit der Frage gemeint habe. Der Rettungswachenleiter hatte am Vorabend die Kennzeichen abgeschraubt um das Fahrzeug am nächsten Tag auf der Zulassungsstelle umzumelden, da das Fahrzeug inzwischen vom Kreisverband übernommen worden war. Freundlicherweise unterließ er es aber das entsprechend publik zu machen.

Nichts ist unmöglich

Wir waren auf der Rückfahrt vom Krankenhaus, als uns die Leitstelle anfunkte und uns einen Folgeeinsatz zuwies, bei dem uns ein männlicher Patient mit Verbrühungen im Mund angekündigt wurde. Auf unsere Rückfrage bei der Leitstelle ob noch genauere Informationen vorliegen würden, bekamen wir zur Antwort: „Der Anufer hatte gesagt: Mein Papa hat was ganz Heißes getrunken und hat jetzt Schmerzen im Mund. Ich weiß auch nicht warum der etwas so heißes trinkt, aber anscheinend hat er's getan."

Man muss einfach Prioritäten setzen!

Wir wurden zu einem Verkehrsunfall gerufen, bei dem sich zwei PKW nahezu frontal getroffen hatten. Die Befreiung der beiden Patienten lief dank der Feuerwehr einwandfrei und wir waren gerade dabei den Jüngeren der beiden eingeklemmten Fahrer mit der Schaufeltrage aus den Resten seines Autos zu retten, als dieser aufschrie und verlangte, dass wir stoppen sollten. Sofort unterbrachen wir die Rettungsaktion in der Annahme, dass der Patient möglicherweise noch mit den Füßen eingeklemmt sei und wir dies einfach übersehen hatten. Es stellte sich jedoch schnell heraus, dass dem nicht so war, sondern dass unser Patient nur noch den Zündschlüssel aus seinem Auto abziehen wollte, damit es niemand klauen könne. Irgendwie konnten wir alle es in diesem Moment nicht übers Herz bringen dem stolzen

Autobesitzer die Wahrheit über den Zustand seines Gefährts zu sagen, welches so sicher niemand klauen wollte.

Amerikanische Verhältnisse

Auf Einladung eines Freundes wollte ich mir im Rahmen eines kurzen Praktikumstages einmal einen Eindruck aus erster Hand über den Rettungsdienst in Los Angeles verschaffen. Netterweise hatte mein Freund mich auf die Rettungswache eingeladen, auf der er selber Dienst verrichtete.

Meine ersten Zweifel an der Richtigkeit meiner Entscheidung kamen, als mich die Frau meines Freundes darüber unterrichtete, dass ich mir bitte den Weg zur Wache genau einprägen sollte, da dies definitiv nicht die Gegend ist, in der man sich mit dem Auto verirren sollte. Insbesondere nicht, wenn man weisser Hautfarbe ist. Es wäre eigentlich besser, wenn mich jemand mit Ortskenntnis zur Wache bringen könnte.

Was mir die Frau meines Freundes zu verstehen geben wollte war, dass die Wache sich genau im Zentrum der Rassenunruhen von 1992 im Bezirk South Central befand. Nach dieser Erkenntnis konnte ich einen anderen Freund von mir überreden, mich zu der Wache zu fahren.

Diese Wache war wirklich etwas anderes, als ich es von Deutschland gewohnt war. Das Gebäude war massiv mit Stacheldraht und alle Fenster mit Stahlgittern gesichert, die Fenster des Garagentores waren geschwärzt, so dass niemand von außen sehen konnte, ob die Wache besetzt war oder nicht.

Nach der kurzen Begrüssung auf der Wache bestand die erste Amtshandlung des diensthabenden Captains darin, mir eine schusssichere Weste für die Zeit meines Praktikums zuzuteilen. Dies sei eine „Standardmaßnahme". Etwas aus der Bahn warf mich dann noch der Sicherheitsbeamte einer Notfallaufnahme, der meine roten Arbeitshosen in direkten Zusammenhang mit den Insassen der Gefängnisstation im zwölften Stock des Krankenhauses brachte, die eben solche Hosen als Anstaltskleidung tragen müssen. Meine weiteren Mitfahrten in New York und LA bestätigten mir schlussendlich dann aber doch, dass die Zustände in South Central Los Angeles nicht repräsentativ für die USA sind, ja noch nicht einmal für den Rest von LA.

Wir haben es doch nur gut gemeint

Nur was man in der Theorie schon gelernt hat, kann man in der Praxis auch umsetzen. Was man also besonders gut gelernt hat, kann man also auch besonders gut umsetzen. So, oder so ähnlich müssen wohl einige Mitglieder einer Dorffeuerwehr gedacht haben, als es während einem örtlichen Dorffestes wegen eines Unfalls zu einem Notfalleinsatz des Rettungsdienstes kam.

Die Patientin war so schwer am Kopf verletzt, dass von der Besatzung des Rettungswagens der Hubschrauber angefordert wurde um die Patientin in ein Krankenhaus mit Maximalversorgung zu transportieren. Die örtliche Feuerwehr bot freundlicherweise ihre Hilfe an und sollte in der Folge einen Landeplatz für den Hubschrauber festlegen. Dieser war auch schnell festgelegt und dem Rettungsdienstpersonal mitgeteilt.

Zwischenzeitlich muss es aber wohl einigen Mitgliedern der Feuerwehr eingefallen sein, dass ein Landplatz auch als solcher kenntlich zu machen ist, so dass man ihn auch vom Hubschrauber aus ohne große Mühe erkennen kann. Gesagt, getan! Problematisch an dieser Entscheidung war nur, dass die Kameraden in Rot sich dazu entschlossen haben, ihre roten Warnwesten in einem großen Kreis auf den Boden zu legen um den Landeplatz so zu kennzeichnen.

Ausgerechnet in diesem Moment schwebte der alarmierte Hubschrauber ein und die Besatzung fand zu ihrer größten Überraschung ein massives Sicherheitshindernis auf ihrem vorgesehenen Landplatz vor, denn wenn die durch den Luftstrom der Rotoren aufgewirbelten Westen in die Ansaugstutzen der Turbinen oder in die Rotoren geraten, ist der Absturz vorprogrammiert.

Nachdem der Pilot seine Fassung wiedergefunden hatte, forderte er über Funk die Feuerwehr auf dieses Problem umgehend zu beseitigen, wenn auch nicht ganz mit diesen Worten.

Übung macht den Meister

Wir wurden als diensthabende Besatzung des RTW zu einem Kletterunfall gerufen, mit der Zusatzinformation, dass die Feuerwehr ebenfalls unterwegs sei. Anscheinend sitzen zwei Kletterer in einer Felswand fest.

Als wir vier Minuten später an der Einsatzstelle ankamen, war bereits eine Polizeistreife vor Ort, die uns laut lachend entgegenkam. Als uns die Beamten auch noch fragten, ob wir einen Fotoapparat dabei hätten, da wir solche Bilder so schnell nicht wieder bekommen würden, war uns klar, dass dies kein normaler Einsatz werden sollte.

Wie uns die Rettungsleitstelle als Zusatzinformation mitteilte, war der Hubschrauber auf Voralarm gesetzt worden und die Besatzung hoffte schon, eventuell eine Windenrettung durchführen zu können. Diese Hoffnung mussten wir leider im Keim ersticken, da über der Einsatzstelle eine Hochspannungsleitung verlief und so kein Luftretter auf direktem Wege zu den Kletterern gelangen konnte.

Abgesehen von Schnittwunden in den Handinnenflächen durch ihr, für Klettertouren nicht gerade optimal geeignetes, Nylonseil war den Feizeitsportlern nicht viel passiert. Dieses Seil war Ihnen beim Abseilen schlicht und einfach durch die Hände gerutscht und sie konnten sich gerade noch auf einen Felsvorsprung retten, auf dem sie jetzt allerdings festsaßen.

Nach kurzer Absprache mit der inzwischen ebenfalls eingetroffenen Feuerwehr entschied man sich, die Gestrandeten mit Hilfe der Schiebeleiter aus ihrer misslichen Situation zu befreien, womit allerdings die missliche Lage der Feuerwehr erst anfing.

Der kleine Fluss hatte zwar nicht gerade Hochwasser, aber er war dennoch voll genug um die Feuerwehrstiefel völlig zu fluten und damit die Kameraden auch noch ein paar Tage später an diese geglückte Rettung zu erinnern, zumindest so lange, bis die Stiefel wieder trocken gelegt waren.

Rettungsvorbereitung der Kletterer (Kreis) durch die Feuerwehr

Tücken der Technik

Immer wenn eine neue Technik eingeführt wird, gibt es eine Phase, in der sich die betroffenen Mitarbeiter sich damit vertraut machen. Diese Phase dauert je nach Neuerung einmal kürzer oder länger. Kurz nach Einführung des Funkmeldesystems, bei dem standardisierte Meldungen, wie z.B. „Ankunft an der Einsatzstelle", „Belegt mit Patient" u.s.w., mittels eines einfachen Tastendrucks an die Leitstelle und Anweisungen der Leitstelle mit einer Buchstabenabkürzung an die Fahrzeuge geschickt werden können, bekamen wir von der Leitstelle ein „U" auf unser Display geschickt, mit dem wir absolut nichts anfangen konnten. Unsere Übersichtstabelle gab ebenfalls nicht her, so dass wir uns schweren Herzens entschlossen, bei der Leitstelle nachzufragen, was denn bitte schön das „U" zu bedeuten habe. Überraschenderweise bekamen wir die Antwort, dass das „U" absolut nichts zu bedeuten hat und wir es ignorieren sollten.
Der Disponent wollte nur, dass das störende Blinken unseres Status auf seinem Leitstellenrechner aufhört.

Aller Anfang ist schwer

Auch ich habe einmal im Rettungsdienst angefangen und meinen Teil zu den Geschichten der erfahrenen Kollegen beigetragen.
An meinem vierten Tag im Rettungsdienst als frischgebackener Zivi hatte ich auf einer anderen Wache Dienst, als üblich und die ich bis zu diesem Tag auch noch nicht näher kannte.

21

Nur über meinen Kollegen hatte ich schon gehört, dass er etwas sehr eigen sei. Soweit noch kein Problem.

Am frühen Vormittag bekamen wir einen Transportauftrag für einen Patienten, den mein Arbeitskollege von diversen früheren Transporten gut kannte. Er erzählte mir, dass der Patient ca. 120 kg schwer und ein Bein amputiert sei. Ausserdem wohnt der Patient im vierten Stock eines Mietshauses.

An der Adresse angekommen, bat mich mein Kollege, dafür zu sorgen, dass die Haustüre offen bleibt, so dass wir den Patienten mit dem Tragering (ein zu einem Ring zusammengebundenes Dreiecktuch – gut zu verwenden in engen Treppenhäusern) problemlos von seiner Wohnung bis zur bereits vor der Haustüre hergerichteten Trage herunternehmen konnten.

Er selbst ging schon einmal zur Wohnung in den vierten Stock hoch. Ich für meinen Teil stand unten vor der ersten „großen" Herausforderung meines Rettungsdienstlebens: *Womit kann ich die Türe offen halten, wenn kein Keil da ist oder sich die Türfalle nicht umschalten lässt.* In meiner aufkeimenden Verzweiflung fiel mein Blick auf einen, nicht gerade kleinen Kinderwagen. Ohne den geringsten Zweifel an der Richtigkeit meiner Entscheidung schob ich den Kinderwagen so vor die Eingangstüre, dass diese offenblieb und der Kinderwagen nur kurz nach links geschoben werden musste. Soweit meine Theorie.

Ich ging nach Vollendung dieser grandiosen Konstruktion zu meinem Kollegen, um ihm zu helfen und den Patienten herunterzutragen, was

auch bis zu einem gewissen Punkt problemlos ging: der Eingangstüre.
Meinem Kollegen ist förmlich das Gesicht heruntergefallen als er den Kinderwagen in der Türe entdeckte. Komischerweise hatten wir jetzt die Problematik, wie wir den Kinderwagen auf die Seite schieben konnten, ohne dabei weder unseren Patienten mit seinen stattlichen 120 kg Lebendgewicht absetzen zu müssen oder die Balance zu verlieren. Glücklicherweise hatte unser Patient die rettende Idee und versuchte mit seinem verbliebenen Bein den Kinderwagen wegzuschieben, was nach kurzer Zeit auch gelang. Freundlicherweise erinnert mich mein damaliger Kollege bei allen passenden und besonders auch unpassenden Gelegenheiten an meine vorübergehende Genialität.

Diagnosekontrolle

Im Rahmen des Rettungsdienstes wird immer gerne versucht Begriffe abzukürzen um Funkgespräche so kurz wie möglich zu halten.
Wir bekamen am Funk mit, dass die Besatzung des Rettungswagens der Nachbarwache eine Dame mittleren Alters mit Verdacht auf eine HWS (Halswirbelsäule) habe und diese gerne im Kreiskrankenhaus direkt neben unserer Wache durch die Leitstelle angemeldet bekommen würde.
Etwa eine Minute später klingelte das Telefon auf unserer Wache und der diensthabende Disponent bat mich ins Kreiskrankenhaus rüberzugehen und nachzusehen ob die Patientin wirklich eine Halswirbelsäule habe und ob das seit neustem eine Krankheit wäre, denn er habe

schliesslich auch eine Halswirbelsäule und fühle sich eigentlich ganz wohl damit.

Christine

Wir hatten gerade mit unserem Rettungswagen die Tankstelle an einem völlig ruhigen Sonntagmorgen verlassen, als wir an der Kreuzung, die wir vor gerade einmal 5 Minuten passiert hatten einen PKW mit einem neuen Einbauteil fanden: einer großen Straßenlaterne. Nachdem, abgesehen von einer Person, niemand sonst in der Nähe war, fuhren wir kurz zu dem Unfall und sicherten erst einmal ab.

Als wir den Fahrer, der deutlich aus der Nase blutete und unsere Hilfe ablehnte, nach dem Hergang der ganzen Aktion fragten, erzählte er, dass er ganz normal mit seinem Fiat Ritmo an der Kreuzung gestanden habe, als das Auto plötzlich selbstständig los und gegen den Lichtmast gefahren sei. Er wollte zwar noch bremsen und lenken, aber das ging nicht. Scheinbar hatte er zu oft den Film „Christine" von Steven Spielberg gesehen.

Das Nasenbluten des Fahrers jedenfalls stammte von einem Nasenbeinbruch, den er sich beim Aufprall zugezogen hatte, als er mit dem Gesicht das Lenkrad massiv verbog. Er bestand aber vehement darauf, dass er nichts habe und auch nicht von einem Arzt untersucht werden wolle.

Anders als die Polizei, die den Fahrer kurze Zeit später zur Alkoholkontrolle im Krankenhaus vorstellte, zwingen wir ja niemanden zu seinem Glück.

Fiat Ritmo mit Lichtmast. Im Hintergrund die erwähnte Tankstelle.

Schadensgutachten

Trotz der vielen Einsätze, die man in Zusammenarbeit mit Polizei und Feuerwehr durchführt ist es immer wieder schön zu sehen, dass viele zwar wissen, was die andere Organisation grundsätzlich zu tun hat. Manchmal fehlt aber der rechte Durchblick, was teilweise kuriose Stilblüten treibt.

In den frühen Morgenstunden eines Mittwochs wurde die Feuerwehr von der Polizei zu einem Wohnungsbrand gerufen. Der Hausbesitzer war mit Renovierungsarbeiten in dem Gebäude beschäftigt und hatte zum Trocknen des Innenraumes einen großen, im badischen Sprachgebrauch „Kunst" genannten, Kachelofen gut eingeheizt und die Nacht über brennen lassen. Leider war der Abzug dieses Ofens nicht ganz in Ordnung, so dass der Ofen überhitzte und ein Feuer auslöste.

Nachdem die Feuerwehr bereits tätig war, wurde die Polizeistreife über Funk von deren Zentrale angefragt, wie hoch denn der voraussichtliche Sachschaden sei. Die Antwort der Streife lautete: „Bis jetzt sind es ungefähr fünfzigtausend Euro Schaden und bis die Feuerwehr fertig ist sicher das Doppelte."

Konsequent

Bei Selbstmördern gibt es zwei verschiedene Typen:
Der Eine, der seinem Leben definitiv ein Ende setzen will und daher alles Erdenkliche unternimmt um sein Vorgaben in die Tat umzusetzen, der Andere, der mit einem versuchten Selbstmord einen Hilferuf aussenden will. Der Patient, zu dem wir spätabends in ein kleines Dorf am Rande unseres Einsatzgebietes gerufen wurden, gehörte unseres Erachtens in die erste Gruppe.
Auf der Anfahrt zusammen mit unserem Notarzt bekamen wir die zusätzliche, aber nicht unwichtige Information von der Leitstelle, dass der Patient wohl bewaffnet und deshalb die Polizei auch unterwegs zu der angegebenen Adresse sei.
An der Einsatzstelle angekommen berichteten uns die aufgeregten Angehörigen, dass er die Waffe jetzt nicht mehr habe und im ersten Stock im Bett liege. Wir begaben uns daraufhin vorsichtig, aber dennoch zielstrebig, zu unserem Selbstmordkandidaten, der uns bei unserem Anblick anschrie, wir sollen ihn in Ruhe lassen und den Raum verlassen. Unser Zivi blieb dennoch bei dem Patienten am

Türrahmen stehen um wenigstens überblicken zu können, was sich in dem Raum abspielt, während der Notarzt und ich die Familie befragten, was eigentlich genau vorgefallen sei. Die Angehörigen berichteten uns, dass er Anfangs vorhatte sich zu erschießen, was aber auf Grund der ausschließlich vorhandenen Spielzeugpistole ein grandioser Schlag ins Wasser war. Daraufhin wollte er sich vom Dach des zweieinhalb-stöckingen Gebäudes stürzen, aber angesichts der Höhe habe ihn wohl der Mut verlassen. Dann wollte er sich ersticken, indem er sich einen Müllsack über den Kopf zog, was aber in Folge der vielen Löcher in der Mülltüte kläglich scheiterte. Als vorerst letzten, gangbaren Weg sah er eine halbvolle Flasche Kirschwasser, immerhin mit vierzig Prozent Alkohol, die er kurzentschlossen leerte. Danach sei er ins Schlafzimmer gegangen habe sich ins Bett gelegt und niemanden mehr sehen wollen.

Unser Notarzt begab sich daraufhin noch einmal zum Patienten, während ich die inzwischen eingetroffene Polizeistreife in den Sachverhalt einweihte und sie gleichzeitig bat, vorerst noch im Hintergrund zu bleiben.

In der Zwischenzeit hatte unser Patient wohl die Nase voll, von unserem Notarzt über die Notwendigkeit eines stationären Aufenthalts in der Psychiatrie aufgeklärt zu werden, denn jetzt wollte er sich mit Hilfe von Strom umbringen. Er zerschlug die Glühbirne an seinem Bett, was aber aufgrund des Schutzschalters nur dazu führte, dass im ganzen Stockwerk die Sicherungen rausflogen und wir dadurch im Dunkeln standen.

Da auch das gutgemeinte Zureden der Ehefrau ohne Wirkung blieb und der Patient immer mehr

Drohungen gegen die Anwesenden ausstieß, entschloss sich die Polizei in Absprache mit dem Notarzt den Patienten zwangsweise in den Rettungswagen zu verbringen. Leider trauten sich die zwei vor Ort befindlichen Beamten dies nicht ohne Verstärkung zu. Das Problem daran war nur, dass diese eine Streife das gesamte verfügbare Personal des Reviers darstellte und die angeforderte Verstärkung erst im ganzen Landkreis, und damit meine ich auch den ganzen Landkreis, zusammengezogen werden musste.

Diese Aktion verzögerte den Einsatz erst einmal um lockere eineinhalb Stunden, brachte aber die Polizei auf eine Mannstärke von immerhin neun Beamten. Diese neun Polizisten stürzten sich nach unserem letzten, wie zu erwarten gescheiterten Vermittlungsversuch gemeinsam auf den Patienten, der sich noch immer, inzwischen weinend, auf dem Bett befand. Erstaunlicherweise hielt das Bett der Belastung stand und brach nicht durch. Meine Hochachtung an den Schreiner, der das Teil gebaut hatte.

Unglücklicherweise war jetzt aber die Ehefrau der Ansicht, dass sie ihrem Mann zur Hilfe kommen müsse und schlug deshalb auf die Beamten ein, die dann auch sie erst einmal mit Handschellen außer Gefecht setzen mussten. Nach kurzer aber eindringlicher Erklärung an die Ehefrau wurde diese wieder von den Handschellen befreit und durfte ihren Gatten auf dem Transport in die einhundertzehn Kilometer entfernte Psychiatrie begleiten.

Sondersignal

Der tägliche Check der Einsatzmaterialien und des Fahrzeugs sind essentiell wichtige Maßnahmen im Rettungsdienst. Man stelle sich nur einmal vor, der Rettungswagen kommt am Notfallort an und die Fahrzeugbesatzung kann nicht helfen, weil ein Gerät aufgefallen ist oder weil ein wichtiges Teil im Notfallkoffer fehlt. Mein Kollege an diesem Tag hatte aber anscheinend einen Clown gefrühstückt, denn so viele tolle Einfälle wie an diesem Tag habe ich bei ihm vorher und auch nachher nicht mehr erlebt. Alles drehte sich dabei um unsere Sondersignalanlage, für Nichteingeweihte: das Blaulicht und Martinshorn.

Für den Funktionstest des Horns haben wir einen Testschalter in den Fahrzeugen, mit dem die Lautstärke für den obligatorischen Check drastisch reduziert werden kann. Mein Kollege meinte jedoch, dass er diesen Test mit voller Lautstärke in unserer geschlossenen Garage durchzuführen hatte, während ich genau vor dem Wagen stand.

Nachdem ich das Klingeln in den Ohren einigermaßen überstanden hatte, konnte ich mich dem weiteren Check im Patientenraum des Fahrzeugs zuwenden. In der Zwischenzeit hatte mein Kollege die Lautsprecheranlage getestet, die mit Hilfe eines Drehschalters aktiviert wurde, so dass man mittels des im Fahrzeug vorhandenen Funkhörers eventuell notwendige Lautsprecherdurchsagen machen konnte. Dass er auch hier einen kleinen Scherz nicht unterlassen hatte, konnte ich bei unserem nächsten Einsatz feststellen. Ich nahm den Funkhörer, um unserer Leitstelle mitzuteilen, dass wir am Einsatzort angekommen waren. „3/83/1 Ankunft" waren meine Worte, die jetzt jeder an diesem wunderschönen Sonntagvormittag im Umkreis von zweihundert Metern hören konnte, nur nicht unsere Leitstelle. Mein besonderer Liebling hatte den Drehknopf nach dem Test nicht wieder in die Funkstellung zurückgedreht. Der nächste Aussetzer passierte dann bei unserer nächsten Einsatzfahrt. Ich fuhr mit Blaulicht und Tröte eine Strasse entlang, als es dem Scherzkeks neben mir einfiel, plötzlich das Horn auszuschalten, den Hörer zu nehmen und nach Umschalten auf Aussenlautsprecher „Tatütata" in den Hörer zu rufen.

Spontane Kaufentscheidung

Was macht man, wenn man ein älteres Auto fährt und sich für ein neues Modell interessiert? Richtig, man fährt zu einem Händler und schaut sich das Objekt der Begierde einfach etwas näher an.
So auch das Pärchen, das sich den neuen Mini etwas genauer ansehen wollte und sich spontan zu einem Sonntagsausflug bei eisigen Temperaturen im Winter zum örtlichen BMW Händler entschloss. Das Gelände unseres BMW-Händlers besteht aus zwei Teilen. Oben sind die Gebrauchtwagen und die Ausstellungshalle, unten im Gelände befinden sich die Kundenparkplätze und das Werkstattgebäude. Beide Ebenen sind über eine geschwungene Rampe miteinander verbunden.

Nissan auf Tauchstation

Diese erwähnte Abfahrt war am betreffenden Tag im unteren Bereich vereist. Es bestand ja auch keinerlei Veranlassung zu streuen, da der Betrieb ja geschlossen war. Unser Pärchen wollte aber sein Auto unbedingt unten im Hof abstellen. Leider hatte die vereiste Rampe etwas gegen den flotten Versuch des Fahrers in den Hof zu fahren, was zur Folge hatte, das der Kleinwagen japanischer Bauart ins Schleudern kam und kopfüber in den daneben fliessenden Gewerbekanal stürzte. Glücklicherweise reagierte beide Insassen geistesgegenwärtig und konnten durch die Heckklappe des Autos entkommen.

Für uns blieb daher nur noch, die durchnässten und leicht unterkühlten Patienten zur Abklärung ins Krankenhaus zu bringen.

Es ist davon auszugehen, dass beide die Suche nach einem neuen Auto kurz darauf intensiviert haben, auch wenn das Altfahrzeug jetzt gut gewaschen war.

Schau'n wir mal

Bei manchen Einsätzen kann man wirklich nur mit dem Kopf schütteln. Zum einen stimmen die Notrufmeldungen an die Leitstelle vorne und hinten nicht, zum anderen ist es für mich und viele meiner Kollegen einfach unfassbar, was sich manche Leute denken, wenn sie an Einsatzstellen herankommen.
Wir wurden von der Leitstelle zu einem Verkehrsunfall mit Verletzten alarmiert, der sich am Rande unseres Einsatzgebietes ereignet hatte. Die Polizei hätte über die Einsatzzentrale nur „einen schnellen Krankenwagen" angefordert, „der Unfall scheint nicht so schlimm zu sein". Eine Streife von Ihnen sei aber noch nicht vor Ort. Ein Rettungswagen sei eigentlich nach dieser Anforderung nicht nötig, aber da unsere Leitstelle den betreffenden Krankenwagen, an den die Polizisten gedacht hatten nicht mehr zur Verfügung hatte, da die betreffende Wache ein halbes Jahr vorher aufgelöst worden war, wurden wir mit dem RTW an die Unfallstelle geschickt.
Aufgrund der erwähnten detaillierten Einsatzmeldung sollten wir natürlich ohne Notarzt, aber aufgrund der Fahrtstrecke mit Blaulicht und Einsatzhorn fahren. Als wir uns nach ungefähr elf Minuten der Einsatzstelle näherten, sahen wir einen BMW neben der Strasse auf der Seite liegen. In etwa ein Dutzend Passanten standen daneben, mit den Händen in den Hosentaschen. Nachdem wir

angehalten hatten, bequemte sich einer der Passanten zu uns und berichtete uns völlig emotionslos: „Ich glaube, der ist tot".

Diese Diagnose bestätigte sich in der Folge auch: Der Patient lag noch in derselben Lage neben dem Auto, in der er aus dem PKW geschleudert wurde. Keiner dieser „Helfer" hatte es für nötig befunden auch nur einen Handstreich zu machen, abgesehen vom Anruf bei der Polizei. Wie wir später erfuhren handelte es sich bei diesen „Passanten" um aktive Mitglieder der örtlichen Freiwilligen Feuerwehr, die eigentlich die Worte „Erste Hilfe" kennen sollten.

Leider waren sämtliche Versuche noch etwas für den Verunfallten zu tun, dank der grandiosen Vorarbeit der Schaulustigen vergebens.

Die Selbsteinweisung

Notfalleinsatz in einem Lebensmittel-Discountmarkt mitten im Ort. Nach der Einsatzmeldung sollte es sich um eine nicht ansprechbare Person handeln.

Ich rückte also mit dem Notarzteinsatzfahrzeug aus und konnte nach zwei Minuten Fahrzeit mit der Notärztin den Einsatzort erreichen. Zwischen Kühltruhen und Orangensaft lag unsere Patientin: Eine ältere Dame, die aber zum Glück wach und ansprechbar war. Ihre Schwiegertochter versuchte uns zu erklären, dass sie plötzlich über Schwindel und Müdigkeit geklagt hatte und sich dann langsam auf den Boden gesackt sei. Unsere Patientin meinte dann noch ergänzend, dass sie großen Durst habe.

33

Nachdem sich vor Ort bei der Untersuchung nichts ergeben hatte, was gegen ein Getränk sprach, um genau zu sein konnten wir gar nichts Aussergewöhnliches feststellen, holte die Schwiegertochter einen Apfelsaft aus dem Regal, gab ihn der Schwiegermutter und ging dann zur Kasse um den Saft zu bezahlen. Diesen Moment nutzt unsere Patientin um uns ausführlich zu erklären, dass sie eigentlich nur ins Krankenhaus wolle, weil ihre Schwiegertochter nicht kochen könne und sie lieber im Krankenhaus versorgt werden würde. Auch eine Art der versuchten, letztlich aber doch erfolglosen, Selbsteinweisung, trotz der Ehrlichkeit der älteren Dame.

Korrekte Einsatzmeldung

Während einer Tagschicht auf unserer Rettungswache alarmierte uns die Leitstelle mit der Information, dass wir an eine grössere Kreuzung zweier Bundesstrassen im Stadtgebiet fahren sollen, dort habe es einen kleinen Verkehrsunfall gegeben. Ein Leichtverletzter laufe wohl an der Einsatzstelle herum und blute aus der Nase. Angesichts dieser geringen Verletzung sollten wir ohne Blaulicht die Unfallstelle anfahren.
Beim Eintreffen an der Einsatzstelle konnten wir jedoch keinen herumlaufenden Patienten finden, denn der saß noch eingeklemmt im Auto.

Situation am Einsatzort nach Eintreffen der Feuerwehr

Wir gaben daraufhin der Leitstelle die Rückmeldung, dass der Patient zwar aus der Nase blute, jedoch nicht an der Unfallstelle herumlaufen könne, da er noch eingeklemmt sei. Wir bräuchten daher zügig die Feuerwehr zur technischen Rettung. Das Erstaunen unseres Disponenten konnten wir richtig fühlen. Die eigentliche Rettung des Verunfallten, der lediglich im Fussbereich eingeklemmt war lief nach Ankunft der Feuerwehr problemlos ab. Die befürchteten Rückenverletzungen bestätigten sich nicht und auch die restlichen Verletzungen waren glücklicherweise nicht schwerwiegend.

Arbeitsteilung

Auch Rettungsdienstler gönnen sich gerne einmal eine Abkühlung während der heißen Tage. So eine Erfrischung, direkt aus der Eisdiele, wer will es verwehren.

Mein Kollege und ich hatten uns gerade jeder einen schönes Eis in der Waffel gegönnt, als Murphys Gesetz wieder einmal gnadenlos zuschlug: Unser Piepser ging los, was zwangsläufig einen Einsatz bedeutete. Unsere Rückfrage bei der Leitstelle übertraf sogar unsere Vorstellung: Es war ein Notfalleinsatz in einem Dorf am absoluten Rand unseres Einsatzgebietes, das heißt ungefähr zwanzig Minuten Fahrtzeit bei zügiger Fahrweise. Trotzdem, irgendwie war uns das eben gekaufte Eis zu schade, um es direkt vor der Eisdiele wieder in den Mülleimer zu werfen, also entschlossen wir uns zu einer Arbeitsteilung. Mein Kollege setzte sich hinter das Steuer, lenkte und gab Gas, während ich auf sein Kommando die Gänge durchschaltete. Immerhin haben wir es so geschafft, innerhalb der Zeit beim Patienten zu sein und unsere Investition nicht verfallen zu lassen.

Sport ist Mord

Für alle, die sich schon immer gefragt hatten, was eine Rettungsdienstbesatzung eigentlich während einer zwölfstündigen Schicht macht, wenn nichts los ist: Wenn die täglich anfallende Routinearbeit, wie z.B. der Papierkram, Fahrzeugcheck, Bestellung u.s.w. erledigt sind, versucht man halt, sich irgendwie zu beschäftigen.
An einem wunderbaren Sommerabend entschlossen sich mein Kollege und ich unsere beiden Baseballhandschuhe und den dazugehörigen Baseball auszupacken um uns auf der angrenzenden Wiese den Ball ein

36

bisschen zuzuwerfen. Für diejenigen Leser, die noch nie einen Baseball in der Hand hatten: Das Teil ist verdammt hart und stramm mit Leder ummantelt.

Wir warfen uns also quer über die Wiese den Ball zu als ich nach fünf Minuten einen völligen Aussetzer hatte und den Fanghandschuh kurz nach unten nahm. In diesem Moment kam natürlich der Ball von meinem Kollegen angeflogen und traf genau ins Schwarze: Meine Brille und meine Stirn. Die Brille hatte danach nur noch ein Glas und ich hatte dafür als kleine Zugabe noch eine Platzwunde an der Augenbraue, die freudig vor sich hin blutete. Ich ging also notgedrungen in das neben der Wache gelegene Krankenhaus um die Wunde versorgen zu lassen und dabei festzustellen, dass chirurgische Proteinklebstoffe etwas Wunderbares sind. Mein Kollege hatte zwischenzeitlich das Problem, unserer Leitstelle schonend beizubringen, dass die Besatzung vorübergehend nicht so ganz einsatzfähig ist und es voraussichtlich ein paar Minuten dauern würde, bis die Einsatzfähigkeit wieder zu einhundert Prozent hergestellt wäre

Das schöne neue Auto

Wer zu einen Unfall kommt hat Erste Hilfe zu leisten, so will es unser Gesetzgeber und das ist auch sinnvoll.

Diese Hilfe kann zum Beispiel daraus bestehen, dass man die Unfallstelle absichert, ganz besonders, wenn diese in einer unübersichtlichen Kurve liegt. Dass dies jedoch eine ungewollte Eigendynamik entwickelt, damit kann man allerdings nicht unbedingt rechnen. Unser Kreisverband hatte kurz zuvor einen nagelneuen Krankenwagen bekommen, der hauptsächlich für Fernfahrten eingesetzt werden sollte. Fernfahrten sind Krankentransporte über größere Entfernungen, wie zum Beispiel Überführungen von Urlaubern in die Heimatstädte. So auch an diesem Tag. Die Kollegen befanden sich auf der Heimfahrt, nachdem sie den Patienten im Zielkrankenhaus an die Pflegekräfte übergeben hatten.

Als sie am Autobahndreieck kurz vor der Dienststelle auf das letzte Autobahnteilstück abfahren wollten, sahen sie auf der Überleitung ein brennendes Wohnmobil. Nachdem die Feuerwehr nachgefordert war, sicherten sie die Unfallstelle ab, indem Sie den Krankenwagen mit laufendem Blaulicht und entsprechendem Sicherheitsabstand zum Wohnmobil querstellten, so dass der nachfolgende Verkehr nicht in das Hindernis rasen konnte. Das Wohnmobil selbst stand zu diesem Zeitpunkt noch immer mitten auf der leicht nach hinten abschüssigen Straße. Warum ich das erwähne: Leider löste sich an dem brennenden Auto die Bremse bevor die Feuerwehr an der Einsatzstelle eintraf und das Fahrzeug rollte langsam aber sicher rückwärts gegen das nächste Hindernis: den schönen, neuen Krankenwagen.

Angesichts der plötzlich auftretenden Hitzeeinwirkung auf Höhe der B-Säule entschied sich der Aufbau des KTW spontan, ebenfalls Feuer und Flamme zu sein.

Die Feuerwehr beendete dieses Sympathiefeuer bei einer Schadenshöhe von 40.000 € am KTW und einem Totalschaden des Wohnmobils.

Schwestern

Dass sich Schwestern sehr nahe stehen können, ist absolut nichts Neues. Dass sie sich allerdings so nahe kommen, dass sich eine dabei verletzt ist zumindest nicht alltäglich. Die Geschichte nimmt Ihren Anfang, als ein Straßenzug eines Vorortes wegen Sanierungsarbeiten für eine Woche gesperrt war. Da diese Straße normalerweise die einzige Zufahrt zu den Wohnhäusern war, wurden die Anwohner für die Dauer der Bauarbeiten über einen Waldweg mit zirka drei Metern Breite umgeleitet. An einem Vormittag wollte die eine der jungen Damen von der Wohnung über den Waldweg in die Stadt fahren. Wie der Zufall so spielt, wollte ihre Schwester gerade von der Stadt nach Hause fahren und so mussten sich beide zwangsläufig irgendwo auf der Strecke begegnen. Dies geschah dann leider schlussendlich in einer unübersichtlichen Kurve, so dass ein Zusammenstoß unvermeidlich erschien. Beide Fahrerinnen erschraken und die stadteinwärts fahrende Dame riss das Lenkrad nach rechts um dem drohenden Unfall abzuwenden. Das führte dazu, dass ihr Ford Fiesta von der schmalen Strasse abkam und schätzungsweise fünfzig Meter durch den steilen Hang hinunterfuhr, bis einige Sträucher den Sturz endgültig stoppten.

Wir wurden mit Notarzt zu diesem Unfall alarmiert und kamen etwa vier Minuten später an der Einsatzstelle an. Da wir anfangs nicht genau wussten, wie es um die Fahrerin bestellt war, entschlossen wir, dass der Notarzt und mein Kollege nach unten gehen würden. Ich sollte zunächst am Fahrzeug bleiben, um eventuell noch notwendige Materialien zu richten und gegebenenfalls nachzubringen.

Ungefähr eine Minute nach uns kam die ebenfalls alarmierte Feuerwehr mit einem kompletten Rüstzug an der Unfallstelle an. Der Abteilungskommandant stieg aus dem Einsatzleitwagen, kam auf mich zu und fragte mich, wo denn eigentlich das verunfallte Fahrzeug sei. Als ich daraufhin mit meinem Arm in einem 45° Winkel nach unten zeigte, kam nur noch ein wirklich überraschtes, aber sehr treffendes „Oh".

Abgestürzter Ford Fiesta

In der Zwischenzeit hatte sich unser Notarzt davon überzeugt, dass es der Patientin nicht besonders schlecht ging und sie nach erster Untersuchung bis auf ein Schleudertrauma und leichte Prellungen unverletzt geblieben war. Die Patientin wurde also mit einer Halskrause versorgt und sollte über den steilen Hang nach oben gebracht werden, da unterhalb der Unfallstelle kein Weg mehr vorbeiführte. Wie aber sollten wir das patientenschonend anstellen? Unser Notarzt hatte plötzlich eine, seiner exklusiven Meinung nach geniale Eingebung und meinte ich solle doch bitte das Abschleppseil (Stahlausführung) aus dem Rettungswagen nehmen und ihnen zuwerfen, so dass sie sich daran hochziehen könnten. Alle Einwände meinerseits, dass die Feuerwehr uns doch bei der Rettung als Tragehilfe unterstützen könnte, nützten leider nichts und so „schleppten" wir die junge Dame im wahrsten Sinne des Wortes kurzerhand ab.

Das nächste Problem, das sich ergab, war der Rüstzug der Feuerwehr, der den schmalen Waldweg hinter unserem RTW absolut dicht machte, so dass wir erst einmal gute vier Kilometer quer durch den Wald fahren mussten, um endlich wieder eine asphaltierte Strasse unter die Räder zu bekommen.

Konzentration

Konzentration ist in jedem medizinischen Beruf unabdingbar, denn jeder Fehler kann potenziell lebensbedrohlich sein. Insbesondere in der Notfallrettung ist es wichtig, bereits vor der Ankunft am Notfallort, so viele Informationen wie möglich zu erhalten, um sich möglichst schon auf der Anfahrt Gedanken über das weitere Vorgehen machen zu können. Man sollte sich aber dennoch wenigstens einen kleinen Blick offen halten um die Umgebung wahrzunehmen.

Das zu diesem Zeitpunkt noch relativ neue Notarzt-einsatzfahrzeug, ein Audi A4 Kombi, wurde zu einem Notfall alarmiert. Der Rettungsassistent wartete mit dem Fahrzeug vor dem Ausgang auf den Notarzt, der nach kurzer Zeit auch erschien und zielstrebig auf die Türe hinten rechts zuhielt. Normalerweise sitzt der Notarzt auf dem Beifahrersitz, also rechts vorne. Richtig interessant wurde es aber, als der Doktor versuchte hinten einzusteigen und zu dem links eingebauten Kühlschrank in vollem Ernst meinte: „Mach dich mal nicht so breit".

Erst das Eingreifen des Rettungsassistenten führte dazu, dass der vermeintlich Klügere nachgab und vorne Platz nahm.

Eigeninitiative

Von allen Seiten wird heutzutage behauptet, dass in der Bevölkerung zu wenig Eigeninitiative ergriffen wird. Trotzdem kommt es vor, dass Eigeninitiative vom Gegenüber nicht immer nur positiv aufgenommen wird.

Wir wurden zu einem Notfalleinsatz in eine benachbarte Kleinstadt gerufen. Der Patient befand sich im dritten Obergeschoss des Hauses, so dass wir für die Versorgung des Patienten auch einige Zeit für die Schaulustigen nicht zu sehen waren.

In der Zwischenzeit lief der Funk im Fahrzeug wie gewohnt weiter, schließlich war es Freitag gegen zwölf Uhr. Das ist erfahrungsgemäß eine Zeit, in der einige Fahrten sind und deshalb ist auch das Funkaufkommen entsprechend hoch.

Als ich nach ungefähr zwanzig Minuten zum Fahrzeug ging, um die Trage zu richten und den Tragestuhl mit zum Patienten zu nehmen, überraschte ich einen etwa sechzigjährigen Passanten dabei, wie er gerade die Beifahrertüre unseres Rettungswagens öffnete. Als ich ihn zur Rede stellte, was er da eigentlich machen würde, antwortete der Mann mit der größten Selbstverständlichkeit: „Da drinnen macht's und tut's wie wahnsinnig. Ich wollte gerade das Telefon abnehmen und nachfragen, was die wollen".

Es kommt nicht gerade häufig vor, dass ich nicht mehr weiss, was ich sagen soll, aber das war einer dieser Momente.

Ich muss dir mal was zeigen

Ein wunderschöner Sonntag, keine Lust zu arbeiten aber trotzdem vom Chef von sieben Uhr morgens bis siebzehn Uhr nachmittags dienstverpflichtet zu werden, das gibt es nicht nur im Rettungsdienst. Auch wenn man in den Diensten eines Entsorgungsunternehmens steht, kann es gelegentlich zu einer solchen Situation kommen.

Bei uns am Ort gibt es jährlich eine größere, motorsportliche Veranstaltung: Ein Moto-Cross Rennen. Auf dem Gelände wurden sogar schon zwei Weltmeisterschaftsläufe zur Seitenwagen WM ausgetragen.

Da bei dieser Veranstaltung Wasser in grösseren Mengen gebraucht wird, entweder um den Staub während den Rennen in erträglichen Maßen zu halten, oder um die Fahrer und deren Maschinen wieder zu reinigen, stellte ein lokaler Entsorgungsunternehmer einen LKW mit Kesselaufbau zur Verfügung, der mit einer entsprechenden Menge Wasser gefüllt war.

Aus Publicitygründen stellt man zu einer solchen Veranstaltung sicherlich nicht sein ältestes Fahrzeug, sondern eines, das etwas hermacht. Die Entsorgungsfirma machte hier keine Ausnahme und stelle das neuste Auto im Stall an das Moto-Cross Gelände.

Umgestürzter LKW nach versuchtem Schäferstündchen

Wie anfangs erwähnt, dauerte der Dienst zehn lange Stunden und der LKW-Fahrer hatte, wohl um etwas Unterhaltung zu haben, seine Frau mit zur Strecke genommen. Wie die Hormone dann so spielen, wenn man den ganzen schönen Tag zusammen in der Natur verbringt, wollte unser Trucker seiner Frau nach dem offiziellen Ende der Veranstaltung „noch was im Wald zeigen" und fuhr mit dem Laster den Feldweg in Richtung Wald. Leider aber wurde der Weg etwas schmal, der LKW kam mit der linken Seite von der Spur ab und stürzte um. Ergebnis dieses kleinen Abstechers: Zwei Leichtverletzte, zirka fünfzigtausend € Schaden und in der direkten Folge einen festen Arbeitsplatz bei einem Entsorgungsunternehmen weniger.

Die Bergungsaktion des Trucks war allerdings auch nicht ohne. Am Veranstaltungsort selbst war ein Kranwagen als Lautsprecherfahrzeug vorhanden, der dann auch von der Feuerwehr zur Bergung angefordert wurde. Dieser Kranwagen wurde in Stellung gebracht, die Trossen am LKW angebracht und es startete der erste Versuch, das umgekippte Fahrzeug wieder aufzurichten. Wenn ich sage, es war der erste Versuch, so sollte erwähnt werden, dass für den Kranwagen der erste auch zugleich der letzte Versuch war, denn die Stützen waren augenscheinlich nicht richtig unterbaut, mit dem Ergebnis, dass der Kranwagen tief in den weichen Untergrund einsank.

Jetzt war guter Rat teuer, im wahrsten Sinne des Wortes: Es musste schlussendlich ein einhundert-Tonnen Kran angefordert werden zur Bergung des LKW und des eingesunkenen Kranwagens.

Wenn einer eine Reise macht...

Im Krankentransport gibt es, insbesondere während der Ferienzeit, sogenannte „Fernfahrten". Dies sind Transporte, die deutlich außerhalb unseres Landkreises angesiedelt sind, z.B. Rückholungen von Patienten aus dem Ausland.

So auch bei dieser Fahrt. Ein Patient sollte von einem Krankenhaus in Südfrankreich in das örtliche Kreiskrankenhaus überführt werden. Die Fahrt nach Frankreich war vom Ablauf her wie jeder normale Krankentransport, außer dass die Fahrt zeitlich erheblich länger war.

Wenn man aber schon einmal nach Südfrankreich kommt und sei es auch nur dienstlich, dann will man sich die örtlichen Sehenswürdigkeiten ansehen. Was den Kollegen anging, so bestand diese Sehenswürdigkeit aus einer zwingenden Fahrt durch die „Rue de l'Amour" um ein paar leichtgeschürzte junge oder auch nicht mehr ganz so junge Damen zu bewundern. Also fragt man sich überhaupt nicht peinlich berührt, schliesslich ist man ja nur mit einem äusserst unauffälligen, deutschen Krankenwagen unterwegs, mit seinen paar im Gedächtnis verbliebenen Brocken Schulfranzösisch durch und man wird auch netterweise richtig gelotst mit einem klitzekleinen Problem: Die letzte Kurve bestand aus einer extremen Spitzkehre in eine schmale Altstadtgasse.

Wer aber jemals einen Mercedes Krankenwagen auf PKW-Fahrgestell in der Version hoch-lang gesehen hat, weiss, dass dieses Auto nun wirklich nicht das wendigste ist mit seinen fast sechs Metern Länge. Wo ein Wille ist, ist aber auch ein Weg, auch wenn man zum Rangieren das ganze Straßencafé abräumen muss und dann trotzdem noch massive Probleme mit dem großen Stein am Straßeneingang bekommt. Wir boten den Franzosen zwangsläufig ein nettes kleines Schauspiel.

Obwohl wir für diese Fahrten aufgrund der Reichweite einen Krankenwagen mit Dieselmotor verwenden, muss auch dieser irgendwann einmal aufgetankt werden. Die Tankanzeige des Krankenwagens näherte sich schlussendlich irgendwann in Frankreich deutlich der Nullstellung entgegen, so dass logischerweise getankt werden musste. Seit kurzer Zeit hatten wir für diesen Fall eine Tankkarte der Firma UTA, die es uns ermöglichen sollte, an allen Vertragstankstellen zu tanken. Zu dieser Tankkarte gab es auch ein Tankstellenverzeichnis, so dass eigentlich das Auffinden einer geeigneten Zapfsäule kein großes Problem darstellen sollte.

Der Kollege nahm sich also dieses Verzeichnis und teilte freudig mit, dass die nächste Tankstelle an der Autobahn wohl eine UTA Tankstelle sei. Als wir dieser Tankstelle aber näher kamen stand da, oh Überraschung, eine grosses Shell-Schild, woraus mein Kollege schloss, dass er sich wohl verlesen haben muss und dies anscheinend doch keine UTA Tankstelle sei. Es muss dann wohl doch eher die nächste Tankstelle sein. Aber hier war ein Firmenschild der Gesellschaft Elf zu sehen, also wieder keine UTA Tankstelle. Es bedurfte etwas grösserer Anstrengung, den Kollegen davon zu überzeugen, dass UTA keine Tankstellen selbst betreibt, sondern nur mit bestimmten Pächtern Verträge abschließt, um so ein möglichst großes Netz von Vertragsstellen aufzubauen, ganz ähnlich einem Kreditkartenunternehmen für Fernfahrer.

Der Schein kann trügen

Bei der Einsatzmeldung „Kopfschuss" stellt man sich grundsätzlich erst einmal das Schlimmste vor. Im Normalfall kommt der Rettungsdienst dabei in eine Situation, in der für den Patienten nichts mehr getan werden kann. Bei der Ankunft an dieser Einsatzstelle kam uns ein Mann zu Fuß entgegen. Als diensthabende Besatzung kommt einem jetzt der Gedanke, dass einen derjenige zum Patienten führen wird. Aber dieser Schein kann trügen. Der Mann stellte sich als unser Patient vor. Er habe sich kurz zuvor mit einer Pistole in den Kopf geschossen und habe jetzt verständlicherweise starke Kopfschmerzen. Bei der genaueren Untersuchung stelle sich eine kleine Eintrittswunde dar, aber es war keine Austrittswunde zu finden. Das Projektil ließ sich aber deutlich an der, der Eintrittswunde gegenüber liegenden Seite tasten. Nach kompletter Erstversorgung des Patienten, wurde er ins nächste Kreiskrankenhaus gebracht, wo es die versammelte Ärzteschaft auch nicht glauben konnte und wollte, dass uns dieser Patient entgegen gelaufen kam. Leider bestätigte der ständig schlechter werdende Zustand des Mannes die Diagnose und nach seiner Verlegung mit dem Rettungshubschrauber in ein Krankenhaus mit Maximalversorgung, ereichte er am Abend sein Ziel sich umzubringen schlussendlich doch. Irgendwie gab dieser Einsatz dem oskarpämierten Filmtitel „Dead man walking" eine völlig neue Bedeutung.

Schlaftrunken

Nachts haben wir auf der Rettungswache die Möglichkeit, uns hinzulegen wenn nichts zu tun ist. Dabei kann man teilweise auch sehr tief einschlafen, was natürlich bei Alarm dazu führen kann, dass man sich erst einmal kurz orientieren muss um überhaupt mitzubekommen, wo man gerade ist. Es war eine ruhige Nacht, bis gegen drei Uhr morgens das Alarmtelefon klingelte. Zu diesem Zeitpunkt wurden wir auf der Wache noch über Telefon alarmiert und nicht wie heute üblich, über Piepser. Ausserdem stand nur ein Telefon in einem Schlafraum, so dass der zweite Mann auf der Wache zwar über die zusätzliche, sehr laute Klingel geweckt wurde, aber nicht selbst ans Telefon gehen konnte.

Nachdem aber das Telefon klingelte und klingelte, war irgendwann der Zeitpunkt gekommen, nachzusehen, was denn beim Kollegen los war. Nach Öffnen der Tür zu dem Ruheraum bot sich ein Bild für Götter: der Kollege kniete in Unterhosen vor dem Telefon und schlug andauernd mit der Hand darauf und meinte dazu: „Ich muss doch den verdammten Radiowecker ausmachen." Dass dies aber noch nicht das Ende der Geschichte war, stellte sich heraus, als er in Dienstschuhen, Einsatzhemd und roter Einsatzjacke, aber *ohne Hose* in den Rettungswagen einsteigen wollte.

Manchmal verspüre ich auch heute noch das Verlangen, dem Kollegen nichts von seinem äußeren Erscheinungsbild mitgeteilt zu haben. Es wäre eine herrliche Überraschung beim Patienten geworden.

London

In meiner Anfangszeit im Rettungsdienst hatten wir einen ZDL, der alles ein wenig lockerer sah. Wir haben bei uns die Regelung, dass einzelne Dienste getauscht werden können, zum Beispiel um einzelne Tage frei zu bekommen ohne extra einen Urlaubstag nehmen zu müssen. Unser ZDL wollte unbedingt für eine Woche nach London, hatte aber keinen Urlaub bekommen, da die Personallage zu diesem Zeitpunkt etwas knapp war. Er hatte sich daher mit dem Rettungswachenleiter dahin gehend verständigt, dass er die eine Woche nach London könne, wenn er jemanden zum Tauschen für die Dienste findet. Unser Kollege gab sich wirklich große Mühe, aber dennoch fand er niemanden, der ihm diese Schichten abnahm. Wie gesagt, die Personaldecke war etwas dünn.
Am Tag, als der Kollege seinen Londontrip antreten wollte, kam er früh morgens auf die Wache und klebte dem Rettungswachenleiter eine nicht zu übersehende Nachricht an die Bürotüre auf der folgender Hinweis stand: „Habe niemanden zum Tauschen gefunden. Bin in London. Grüsse." Als unser Rettungswachenleiter an diesem Morgen zur Arbeit kam, dauerte es erheblich länger, bis er seine Kinnlade wieder in Normalposition hatte.
Das Ganze hatte noch ein kleines Nachspiel, da gegen den ZDL aufgrund dieses Vorfalls ein Disziplinarverfahren eingeleitet wurde. Das Bundesamt für den Zivildienst entschied nach Anhörung, dass die ausgefallenen drei Dienste von dem betreffenden Mitarbeiter nachzudienen sind.

Zugegeben: effektiv eigentlich auch nichts anderes als ein Diensttausch.

Öffnungszeiten

Wir haben bei uns vor der Rettungswache einen schönen Grillplatz, den wir bei entsprechendem Wetter auch gerne am Abend ausnutzen. Oft bleibt dann die Tagschicht noch da, so dass eine gesellige Runde entsteht. Ich sollte ausserdem noch erwähnen, dass sich auf unserer Rettungswache ein architektonisches Glanzstück befindet: Über dem Flur ist auf sieben Metern Länge ein Glasdach mit Alurahmen angebracht. Diese Dachkonstruktion bewirkt einen schön hellen Flur und im Sommer Treibhaustemperaturen bis zu 50°C, die selbst in der Nacht kaum aus den Räumen herauszubekommen sind. Im Winter sorgt es allerdings dafür, dass die Wache erst gar nicht richtig warm wird. Egal, Hauptsache es sieht schön aus!

An einem lauen Frühlingsabend entschlossen wir uns im Kollegenkreis einen Grillabend einzulegen. Der größte Teil hatte einfach Lust dazu und bei uns ist Grillen nicht nur im Sommer angesagt.

Gegen elf Uhr abends beendeten wir unser gemütliches Zusammensein, da es langsam, aber sicher empfindlich kühl geworden war. Nach dem Abwasch und dem Reinigen des Grillrostes versuchten die Kollegen der Nachtschicht etwas Schlaf abzubekommen. Nur leider klappte dieses mehr schlecht als recht, da sich in der Wache, trotz dann voll aufgedrehter Heizung einfach keine angenehme Temperatur

einstellen wollte. Kurz: Es war saukalt in den Räumen.
Als die Ablösung dann am Morgen von den Kollegen das Problem geschildert bekam, war die Lösung aber auch sehr schnell gefunden. Unsere Nachteulen hatten die Türe zur Fahrzeughalle offengelassen und vergessen die Garagentore zu schliessen, was zur Folge hatte, dass sich die ganze Zeit die gerade einmal +3°C warme Nachtluft in der Wache breit machen konnte. Die Garage war so ziemlich das einzige, was die Kollegen zu ihrem Leidwesen nicht kontrolliert hatten.

Heimweh

Jeder hat schon in irgendeiner Weise Heimweh in der Fremde verspürt. Dass dieses Gefühl allerdings bei manchen Notärzten schon einsetzt, sobald sie auch nur einen Fuß aus der vertrauten Umgebung des Krankenhauses gesetzt haben ist manchmal doch etwas schwer nachzuvollziehen.
Die Leitstelle schickte den Rettungswagen mit dem diensthabenden Notarzt zu einem Verkehrsunfall mit mehreren Verletzten. Außer uns wurden noch ein weiterer Rettungswagen, ein Krankenwagen und der Rettungshubschrauber alarmiert.
An der Einsatzstelle verschafften sich alle erst einmal einen Überblick um überhaupt entscheiden zu können, welcher Patient wann und in welchem Rettungsmittel versorgt werden würde. Dass dabei der am leichtesten Verletzte vom KTW übernommen wird ist folglich nur logisch.

Es wurde schnell festgestellt, dass an der Einsatzstelle mit den alarmierten Einheiten ausreichend Rettungsmittel vorhanden waren und dass keine weiteren Fahrzeuge mehr benötigt wurden. Dass allerdings plötzlich der Notarzt an der Einsatzstelle nicht mehr aufzufinden war, kam dann doch etwas überraschend. Eine kurze Nachforschung vor Ort ergab dann, dass dieser sich kurzentschlossen zu dem Patienten in den KTW gesetzt hatte und diesen in die Klinik begleitete, da er schnellstmöglich wieder zurück wollte. Leider hielt es aber nicht für nötig die anderen Besatzungen vor Ort darüber zu informieren. Da das nächste NEF weiter entfernt war, blieb nichts anderes mehr übrig als dass der Arzt des Hubschraubers sich um beide verbliebenen Patienten kümmern musste.

Die rettende Insel

Der Fluss, der in unserer Gegend fließt heißt „Wiese". Das kann manchmal zu falschen Rückschlüssen führen, wenn man zum Beispiel die Einsatzmeldung bekommt, dass ein Auto in die Wiese gefahren ist. Entweder das Teil steht im Fluss, oder eben auf einer Grasfläche, was an sich noch nicht so schlimm ist.
Die Einsatzmeldung nachts um drei Uhr lautete demnach auch, dass im Nachbarort an der Bundesstrasse ein Auto in der Wiese stehen würde. Wenn man um diese Zeit gewaltsam geweckt wird, stellt man sich gerne vor, dass es doch bitte die leichtere Variante sein solle.
Leider hält Murphys Gesetz gnadenlos dagegen und das besagte Auto stand natürlich mitten im

Wasser des Flusses, der wieder Murphys Gesetz folgend aufgrund der Schneeschmelze sehr viel Wasser führte. Auf dem Autodach warteten zwei völlig durchnässte Jugendliche auf ihre Rettung. Die Feuerwehr war glücklicherweise mit einem Rüstzug bereits auf dem Weg zu Unfallstelle, so dass wir hier nicht unnötig Zeit verloren. In der Zwischenzeit machte die Polizei hocherfreut einige Bilder der Einsatzstelle, jedoch nicht ohne den Hinweis, dass sie so etwas noch nie gehen hatten.

Zu dieser Zeit kam auch ein völlig nasser dritter Jugendlicher zu uns und teilte mit, dass in dem Auto drei Personen waren. Er selbst war nach längerer Diskussion der Drei der Einzige, der sich getraut hat, durch das Wasser ans Ufer zu kommen und Hilfe zu holen. Verletzt hätte sich keiner der Beteiligten, aber alle seien nass und würden stark frieren. Kein Wunder bei einer Außentemperatur von gerade einmal zwei Grad über Null.

Der junge Mann wurde also von uns in den Rettungswagen verbracht und durfte sich im vorgeheizten Fahrzeug erst einmal der nassen Klamotten entledigen, eine Aktion, der sich meine neunzehnjährige Kollegin mit Freude widmete.

Als die Feuerwehr dann die Lage soweit sondiert hatte, entschloss man sich, die beiden auf dem Autodach gestrandeten Personen mit dem Schlauchboot des Rüstwagens zu retten, was sich jedoch leider als schwieriger erwies als durch das Hochwasser bereits angenommen, da das Schlauchboot ein bis dahin unentdecktes Leck hatte. Zum Glück war dies nicht so groß, dass dadurch die Rettung unmöglich gemacht wurde. Nach einer halben Stunde waren auch diese Zwei am rettenden Ufer und durften sich bei meiner Kollegin ihrer klatschnassen Sachen entledigen.

Der Unfall an sich war passiert, als die drei Freunde auf dem Rückweg von der Disco mit dem nagelneuen Auto der Mutter etwas zu schnell aus der leichten Kurve getragen wurden und aufgrund des Tempos die restlichen fünfzig Meter zwischen der Strasse und dem Wasser wie im Flug verbrachten.

Das Schicksal des Autos war endgültig besiegelt, als die Feuerwehr ein Loch in die Windschutzscheibe schlug, damit die Besatzung des Schlauchbootes sich sichern konnten und den Opel Vectra dann zu guter Letzt noch an der A-Säule mit der Seilwinde des Rüstwagens aus den Fluten zog.

2 gestrandete Jugendliche auf dem Fahrzeugdach des PKW

Abgeschoben

Wir hatten über viele Jahre immer einen Patienten aus der Nachbarstadt drei Mal pro Woche zur Dialyse zu bringen. Diese Fahrt war leider immer sehr früh angesetzt. Unser Patient musste spätestens um 07:30 Uhr in der Dialysestation sein, so dass wir in der Nachtschicht um 06:30 Uhr zu dem älteren Herren fuhren, ihn abholten, an unserer Rettungswache schnell Schichtwechsel machten und die Tagschicht ihn dann in die Dialysepraxis in die Kreisstadt fuhr. Unser Patient war, abgesehen von seiner Nierenerkrankung noch gehbehindert, aber ansonsten ein wirklich netter Mann, der leider nach erfolgter Blutwäsche immer sehr mitgenommen war und die Heimfahrt im Krankenwagen nicht sehr gut vertrug. Das hatte zur Folge, dass er sich leicht erbrach, aber diesem Problem konnte man ja leicht vorbeugen, indem man bereits bei Fahrtantritt eine Nierenschale für den Fall der Fälle bereitstellte.

Dass manche, insbesondere neue Kollegen, individuell konzipierte Lösungen bereithalten ist nichts Neues, aber die Lösung die ein neuer Zivildienstleistender hatte, fiel dann doch etwas aus dem Rahmen. Am betreffenden Tag begleitete die Schwiegertochter unseres Patienten die Heimfahrt zusammen mit dem erwähnten ZDL. Dadurch war die Sicht nach hinten in den Patientenraum faktisch unmöglich. An der Wohnung des Patienten angekommen, fragte mich die Schwiegertochter ganz verlegen, ob sie denn ein Tuch bekommen könnt, ihr Schwiegervater hätte sich auf der Rückfahrt erbrochen. In der Zwischenzeit hatte mein Zivi den Patienten mit der Trage hinten aus dem Auto genommen. Ich gab also der Begleiterin einige Lagen Zellstoff und zu meiner nicht gerade geringen Verwunderung griff sie dann unter das Pyjamahemd unseres Patienten und beförderte eine grössere Menge des Erbrochenen zu Tage.

Auf Nachfragen durfte ich dann erfahren, wie die glorreiche Problemlösung meines Zivi aussah: Er zog dem älteren Herrn einfach das Hemd über den Mund als es ihm schlecht wurde. Er hatte in der Kürze der Zeit die Nierenschalen nicht gefunden.

Das Finale furioso kam allerdings direkt danach, als wir den Patienten in das Haus bringen wollten. Der Mann war zusammen mit seiner Frau Eigentümer einer Gaststätte, die in der Mittagszeit normal besucht war. In der Regel brachten wir den Mann daher in den ersten Stock in ein Nebenzimmer der Gaststätte, damit er dort zu Mittag essen konnte. An diesem Tag aber betraten wir das Haus und es schallte von oben herab: „Stellen Sie den Chef in die Kegelbahn, oben sind die Narren drin." Augenscheinlich wusste man hier klare Prioritäten zu setzen.

Die Reise nach Jerusalem...

...ist eigentlich ein nettes Partyspielchen, das mit dem Rettungsdienst normalerweise nicht viel zu tun hat. Das sollte man zumindest meinen.

Die diensthabende Tagschicht wurde zu einem leichteren Verkehrsunfall am Ortsanfang eines Stadtteils gerufen.

57

An der Einsatzstelle angekommen stellte sich heraus, dass die drei älteren Herrschaften, die im Fahrzeug gesessen waren, dieses mit nur leichten Prellungen und Schürfungen bereits verlassen hatten. Die hilfsbereiten Anwohner hatten sofort drei Gartenstühle für die Verunfallten geholt, so dass sie sich erst einmal setzen könnten. Soweit alles wunderbar, es gab nur ein klitzekleines Problem: Der Seitenstreifen der Straße war erst in derselben Woche erneuert worden und daher noch sehr instabil. Genau aber auf diesem Seitenstreifen hatten die Anwohner die Gartenstühle mit den drei Leichtverletzten positioniert. Jedes Mal, wenn das RTW-Team einen Patienten untersuchen wollte, sackte immer mindestens einer der anderen Stühle ab und drohte mit den älteren Herrschaften im Sitz umzukippen. Das Ergebnis war eine kurze aber herzerfrischende Beschäftigungstherapie bis alle Patienten vom Stuhl in den Rettungswagen verbracht werden konnten.

Praktikanten

Von Zeit zu Zeit haben wir Praktikanten auf der Wache. Diese wollen sich entweder ansehen, wie Rettungsdienst in Wirklichkeit abläuft, ein Berufspraktikum machen oder sind zum Beispiel Angehörige der Feuerwehr und wollen einmal unseren Blickwinkel bei Einsätzen kennen lernen.

An diesem Tag hatten wir eine Praktikantin, die eventuell die Berufsrichtung Rettungsdienst einschlagen wollte und daher eine Woche bei uns mitfahren sollte um erste eigene Eindrücke zu gewinnen.

Gleich unser erster Einsatz gegen zehn Uhr morgens brachte uns zu einem Patienten „in schlechtem Allgemeinzustand". Dieser Ausdruck steht normalerweise für einen älteren Mitbürger, der körperlich abgebaut hat und jetzt mit medizinischer Hilfe wieder auf die Beine gebracht werden soll.

Bei dieser Adresse allerdings wussten wir, dass sich der schlechte Allgemeinzustand nicht nur auf den Patienten, sondern im gleichen Maße auch auf dessen Wohnung bezog. Wir rieten also unserer Praktikantin gleich zwei Lagen Latexhandschuhe übereinander zu ziehen und gingen selbst mit gutem Beispiel voran. Augenscheinlich glaubte unsere Praktikantin unserer Aussage nicht ganz, denn sie wollte zuerst nur mit einem Paar die Gesamtsituation in Angriff nehmen. Dies erwies sich allerdings bereits am ersten Treppengeländer als verhängnisvoll, an dem bereits beim ersten Zugriff das erste Paar hängen blieb.

Unser Patient lag in seinem Bett, umgeben von fünf Stubentigern, die wirklich nur die Stube kannten: zum Fressen, Trinken und auch für die restliche täglichen Geschäfte, denn das was rein geht, muss auch zwingend irgendwann einmal aus dem Tier heraus.

Dazu kamen noch einmal zwei kleine Hunde, die ebenfalls die Wohnung für alle anfallenden Geschäfte okkupiert hatten. Hierfür verwendeten sie, wie auch die Katzen, offensichtlich auch das Bett in dem unser Patient lag. Insgesamt könnte man mit Fug und Recht behaupten, um diese Wohnung zu renovieren, müsste man sie anzünden und abbrennen.

Nachdem unsere Praktikantin die ersten aufkommenden Würgereize überwunden hatte und sich mit einer Doppelpackung Handschuhen gewappnet hatte, konnte sie uns den Tragestuhl aus dem Fahrzeug holen um den guten Mann aus dieser Höhle ans Tageslicht zu bringen. Bei diesem Einsatz konnte sie auch lernen, dass sich Gegensätze wirklich anziehen: Die besagte Wohnung lag im ersten Stock, genau darunter lag ein gut besuchtes Kosmetikstudio.

Auf jeden Fall hatte unsere charmante Begleiterin gleich nach diesem ersten Einsatz die Erkenntnis erlangt, dass Rettungsdienst wohl doch nichts für sie sei, denn nach diesem Tag hörte sie mit dem Praktikum auf und suchte sich ein anderes Betätigungsfeld.

Der Bundesfeldweg

Diese Bezeichnung galt für die Bundesautobahn 5 zwischen dem Autobahndreieck Neuenburg und Offenburg. Dieses Teilstück war in einem so schlechten Zustand, dass schon mehrere Unfälle durch den Fahrbahnzustand passiert sind. LKW verloren hier regelmäßig durch die massiven Fahrbahnunebenheiten Gegenstände, wie z.B. Unterlegkeile, Leitern bis hin zu Ladungsteilen. Teilweise wurde diese Strecke umgangssprachlich auch „die längste Treppe der Welt" genannt, da sich eine Fahrt auf der rechten Spur durch die verschobenen Betonplatten wie eine Fahrt über eine Treppe anfühlte.

Wir hatten Nachtdienst und wurden von der Leitstelle in das neben der Wache gelegene Krankenhaus geschickt für eine Verlegung in die Neurochirurgie in Freiburg. Der diensthabende Chirurg erläuterte uns, dass der Patient eine instabile Densfraktur hatte, die in Freiburg mit Hilfe eines externen Fixakteurs gesichert worden sei. Dieser Fixakteur habe sich leicht gelockert und sollte in der Uniklinik wieder entsprechend festgeschraubt werden. Der Hubschrauber könne leider wegen Nebels nicht fliegen, so dass wir notgedrungen den Patienten bodengebunden verlegen müssten.

Der Chirurg bat uns dann gemeinsam mit dem Pflegepersonal den Patienten entsprechend seiner Anweisung auf unserer Trage umzulagern, er selbst müsse noch einige Kopien für den Verlegungsbericht machen.

Wir gingen also mit zwei Krankenschwestern und unserer vorbereiteten Trage in das Patientenzimmer um uns ein Bild zu machen und den Patienten kennen zu lernen. Als wir gerade neben ihm standen, machte er mit dem Oberkörper eine Bewegung und zu unserem Entsetzen löste sich der Fixakteur völlig vom Kopf ab. Mein Kollege griff zum Glück sofort nach dem Kopf des Mannes und hielt ihn so fest, dass dieser sich nicht bewegen konnte. Eine einzige Kopfbewegung konnte jetzt für den Patienten tödlich enden. Ich rannte runter zu unserem Fahrzeug um eine unserer Halskrausen zu holen und den Chirurgen zu informieren. Dieser glaubte zuerst gar nicht, was ich ihm da mitteilte, dann kam aber eine sichtbare, leichte Nervosität bei ihm auf.

Nach der Ruhigstellung des Kopfes mit Hilfe unserer Halskrause versuchte der Arzt noch einmal nachdrücklich für den Transport den Hubschrauber der REGA zu bekommen, die normalerweise auch in der Nacht fliegen. Dennoch war nichts zu machen, so dass wir den Patienten wirklich mit dem Rettungswagen fahren mussten. Normalerweise ist das ein Transport über etwa achtzig Kilometer und dauert über die Autobahn ungefähr eine Stunde. Angesichts der Verletzung des Patienten war dieser Einsatz aber definitiv nicht mal in der Nähe des Normalfalls. Jede Erschütterung bedeutete eine potentielle Lebensgefahr für diesen Patienten. Das Maximaltempo das wir fahren konnten um einigermaßen erschütterungsfrei unterwegs zu sein betrug gerade einmal dreissig km/h, nur konnten wir mit dem Tempo schlecht über die linke Spur der Autobahn schleichen. Die rechte Autobahnspur war auch keine Alternative, wegen des Treppenzustandes der Fahrbahn, der rechts deutlich stärker ausgeprägt war als links. Also kamen wir schlussendlich auf die Idee, über die Leitstelle eine Polizeistreife als rückwärtige Absicherung anzufordern, was nach massiver Überzeugungsarbeit des diensthabenden Disponenten bei der Autobahnpolizei auch zugesagt wurde.

So wurden wir auf der BAB von einer Streife der Autobahnpolizei in Empfang genommen, die glücklicherweise vorher auf unseren Funkkanal umgestellt hatte, so dass eine direkte Absprache möglich war. Als erstes teilten sie uns mit, dass ab dem Autobahndreieck Neuenburg eine andere Streife übernehmen müsse, da dort die Reviergrenze erreicht sei. Außerdem wollten sie von uns wissen, wie schnell wir in etwa fahren würden. Das als

Antwort gegebene Maximaltempo 30 führte dann doch zu einer leichten Verzweiflung bei den Beamten, denn mit diesem Tempo die linke Fahrspur zu blockieren ist schon ein größeres Risiko, insbesondere für die Personen, welche die rückwärtige Absicherung übernommen haben.

Die Übernahme unseres Rettungswagens von einer Streife des zuständigen Reviers bei Neuenburg verlief auch absolut problemlos. Diese Beamten teilten uns dann mit, dass ab der vorgesehenen Autobahnausfahrt ein Fahrzeug der Polizei Freiburg übernehmen würde. Soweit alles problemlos. An der Ausfahrt angekommen übernahm uns die angekündigte Stadtpolizei und begleitete uns über die Kraftfahrstraße in Richtung Uniklinik. Die beiden Beamten wollten uns einen besonderen Gefallen tun und fuhren dann ab dem Stadtgebiet voraus um die Kreuzungen zu blockieren und uns eine ungestörte Durchfahrt zu ermöglichen. Die Idee fanden wir toll, zumindest bis die Beamten den Weg in Richtung chirurgische Uniklinik nahmen. Wir waren aber in der Neurochirurgie angemeldet und die hatte leider einen ganz anderen Anfahrtsweg.

Immerhin hatten wir es dann nach dreieinhalb Stunden Fahrzeit für die achtzig Kilometer Fahrstrecke endlich geschafft unsere langsamste Einsatzfahrt mit Blaulicht abzuschliessen und den Patienten wohlbehütet den diensthabenden Ärzten zu übergeben.

Orientierungssinn

Im Rettungsdienst ist ein guter Orientierungssinn gepaart mit einer gehörigen Portion Improvisationstalent in manchen Fällen durchaus hilfreich. Wenn ein Einsatzort unbekannt ist, nimmt man im Normalfall eine Straßenkarte zur Hand und versucht so sein Ziel zu finden. Das war noch zu Zeiten, als an ein Navigationsgerät nicht zu denken war. Bei Einsatzfahrten lässt man einfach den Beifahrer die Karte lesen und sich einweisen. Problematisch kann es werden, wenn der neue Zivildienstleistende auf dem Beifahrersitz orientierungslos, als auch Improvisationskünstler zugleich ist.

Der Rettungswagen sollte in einen Stadtteil der Kreisstadt zu einem internistischen Einsatz fahren. Der Fahrer bat darum vom Beifahrer eingewiesen zu werden, da er diese Straße nicht kannte. Voller Tatendrang nahm sich unser bereits erwähnter Zivi die Strassenkarte und begann einzuweisen. Leider war es aber der Stadtplan der Nachbarstadt. Trotzdem machte die Einweisung bis zu einem gewissen Punkt Sinn. Dieser Punkt war erreicht, als der Zivi irgendetwas vom „Rhein" erwähnte. Nun, die Kreisstadt liegt einige Kilometer Luftlinie vom Rhein entfernt und dass die betreffende Straße laut Beifahrer direkt am Rhein liegen sollte konnte beim besten Willen nicht stimmen.

Mit einer kurzen Verzögerung, bis der richtige Stadtplan und Straße gefunden waren, wurde dann doch noch die Einsatzstelle erreicht.

Hungergefühle

Eine der ehernen Regeln des Rettungsdienstes zu Folge ist es so, dass in dem Moment, wenn das Essen fertig ist, der Piepser für einen Einsatz auslöst. Normalerweise tritt dieses Phänomen bei warmen Mahlzeiten noch zuverlässiger auf, als bei kalten. Klar, da geht auch prinzipiell auch nichts kaputt, man isst einfach ein klein wenig später. Was macht man also wenn die schöne Portion Tortellini gerade fertig ist, man richtig Hunger hat und sich die Leitstelle mit einem Einsatz meldet?

Einer unserer Kollegen hatte hierfür eine sehr pragmatische Lösung parat: Er stieg für die Anfahrt einfach mit dem vollen Teller und einem Löffel hinten in den Patientenraum und kam, entsprechende Anfahrtszeit vorausgesetzt, bei Ankunft an der Einsatzstelle wieder mit einem leeren Teller heraus. Problem erkannt – Problem gebannt.

Auch dem Patienten konnte der angenehme Duft im Rettungswagen ohne grössere Schwierigkeiten erklärt werden.

Überraschung!

Von Zeit zu Zeit kommt es vor, dass man zu sogenannten „Wohnungsöffnungen" gerufen wird. Das bedeutet, dass eine Wohnung im Auftrag der Polizei von der Feuerwehr oder einem Schlüsseldienst geöffnet wird, wenn anzunehmen ist, dass sich in der Wohnung eine Person aufhält, die Hilfe benötigt, aber nicht mehr in der Lage ist selbst die Türe zu öffnen.

Die Fahrt wurde uns von der Leitstelle mitten in der Nacht gegeben. Wir sollten zu einer Adresse fahren, die Polizei sei vor Ort und hätte die Feuerwehr und den Rettungsdienst für eine Wohnungsöffnung angefordert. Die Angehörigen der Patientin waren der Meinung, dass sie sich eventuell etwas angetan haben könnte und da die junge Dame nicht erreicht werden konnte, riefen die besorgten Verwandten die Polizei an. Folglich trafen sich also alle alarmierten Kräfte vor der Wohnung und die Feuerwehr begann mit dem sogenannten „Ziehfix" das Türschloss zu entfernen um einen Zugang zu Wohnung zu bekommen.

Die Aktion dauerte nur kurz und wir konnten die Wohnung mit der versammelten Meute betreten. Nach fünf Metern allerdings klärte sich die Situation schlagartig. Die „hilflose" junge Dame hatte Geräusche gehört und schaltete genau in dem Moment das Licht ein, als zehn Mann in lustigen bunten Uniformen vor ihrem Bett standen. Der Schreck stand ihr förmlich ins Gesicht geschrieben. Eigentlich hatte sie nur das Telefon ausgesteckt um von ihren, wie sie es ausdrückte „dauernd nervenden Verwandten" verschont zu bleiben. Dass Sie das Klingeln der Polizei nicht gehört hatte, erklärte sich damit, dass sie schlicht und einfach todmüde war, nachdem sie die Nacht zuvor durchgemacht hatte und auch tagsüber einiges los gewesen war. Allerdings war sie diesmal irgendwie froh, ein Nachthemd angezogen zu haben, denn normalerweise schlafe sie nackt.

Kunstparker

Der Einsatz kam in etwa fünf Minuten, nachdem es angefangen hatte zu schneien. Als dann unser Piepser losging konnte das eigentlich nur für einen Verkehrsunfall sein. Dem war auch so. Wir und ein weiterer Rettungswagen wurden zu einem Unfall mit mehreren Verletzten geschickt, anscheinend sollte sich ein Fahrzeug in einem Nachbarort überschlagen haben.

gekonnt eingeparkt

Der Unfallort befand sich von uns aus direkt nach einem stärkeren Gefälle mit anschliessender Linkskurve. Der Fahrer des PKW hatte wegen des Schnees auf der Straße die Kurve nicht mehr erwischt und war herausgetragen worden. Interessanterweise hatte er das Auto wunderschön auf dem Dach in eine Parklücke des angrenzenden Anwesens eingeparkt, ohne das daneben stehende Auto zu beschädigen.

Alle fünf Insassen waren zum Glück unverletzt aus dem Auto herausgekommen und durften sich in der Zwischenzeit im Haus der Familie aufwärmen, auf deren Parkplatz das Unfallauto jetzt lag. Die Wohnungseigentümerin nahm das ganze sehr gelassen hin. Sie meinte nur, dass dies schon das dritte Mal sei, bei dem jemand ungewollt auf ihr Grundstück abgekommen war, allerdings hatte dabei noch nie jemand so kunstvoll eingeparkt.

Die Größe macht's

Hyperventilationen sind ein Phänomen, das eher beim weiblichen Teil der Bevölkerung vorkommt, insbesondere dann, wenn sich diejenige besonders über irgendetwas erregt hat. Hierbei wird bei schneller Atmung vermehrt Kohlendioxid abgeatmet, so dass es im Körper zu einem gestörten Verhältnis zwischen Sauerstoff- und Kohlendioxidkonzentration kommt. Dieser Zustand kann teilweise nur schwer oder gar nicht von den Betroffenen selbst wieder durchbrochen werden und oftmals steigern sich die Patienten immer weiter in diesen Zustand hinein. Ab hier kann dann im Normalfall nur noch ein gezieltes medizinisches Eingreifen weiterhelfen. Eine der Möglichkeiten zur Selbsthilfe ist das Atmen in eine kleine Tüte, da hierbei die eigene ausgeatmete Luft wieder inhaliert wird, so dass das Verhältnis der beiden Gase im Körper wieder in das richtige Verhältnis kommt.

Unsere Patientin an diesem Tag hatte für sich selbst die Diagnose gestellt, dass sie wohl hyperventilieren würde und hatte wohl auch schon einmal entfernt davon gehört, dass eine Tüte helfen würde. Frei nach dem Motto: „Viel hilft viel" dachte sie sich, dass eine große Tüte viel schneller helfen würde, als eine Kleine. Also griff sie sich, nachdem sie den Rettungsdienst alarmiert hatte, die grösste Tüte die sie in der Wohnung fand. Als wir die Wohnung der Patientin betraten, staunten wir nicht schlecht, als uns eine junge Dame mit einem riesigen blauen Plastiksack vor dem Gesicht entgegenkam.

Die erwähnte größte Tüte in der Wohnung war leider ein einhundertzwanzig Liter fassender Müllsack. Mit diesem Teil hätte die Patientin noch eine Ewigkeit atmen müssen, um ihre Hyperventilation in den Griff zu bekommen.

Mit Hilfe unserer speziellen Atemmasken ging es dann doch um einiges schneller.

Rekordwert

Mein Kollege und ich wurden an einem schönen Sommerabend zu einer Wohnung gerufen, in der sich eine bewusstlose junge Dame befinden sollte. Der zu diesem Zeitpunkt einzige vorhandene Notarzt sei im Moment bei einem anderen Einsatz gebunden und leider nicht abkömmlich. Da sich die Wohnung aber genau gegenüber des Kreiskrankenhauses befand, waren wir der einhelligen Meinung, dass wir wohl auch auf die Notarztalarmierung verzichten könnten.

In der Wohnung angekommen fanden wir eine Patientin auf dem Boden liegend auf einer Matratze vor. Die Patientin selbst war wie angekündigt bewusstlos und reagierte auf rein gar nichts. In dem Zimmer lag absolut nichts Auffälliges herum, wie zum Beispiel Tablettenschachteln, leere Flaschen u.s.w. was den Zustand eventuell erklären konnte. Es war an der Patientin auch kein Alkoholgeruch festzustellen, die Pupillen waren auch völlig unauffällig, wie auch die Kreislaufwerte im Normalbereich waren. Der Mitbewohner konnte oder wollte uns auch nichts Hilfreiches mitteilen, was den Zustand hätte herbeiführen können.

Wir entschlossen uns also, die Anfangs erwähnte Option mit dem schnellen Transport ins gegenüber liegende Kreiskrankenhaus wahrzunehmen und ließen uns von der Leitstelle dort anmelden. Das Pflegepersonal und der internistische Aufnahmearzt erwarteten uns auch dann schon im Schockraum und übernahmen die Patientin. Auch das Krankenhauspersonal konnte sich keinen direkten Reim auf den Zustand machen, so dass wir diesen Einsatz unter „Bewusstlosigkeit unklaren Ursprungs" abhakten.

Der unklare Ursprung klärte sich für uns dann am folgenden Morgen, als uns der Aufnahmearzt mitteilte, dass die Patientin um sieben Uhr morgens, also locker zehn Stunden nach ihrer Einlieferung ins Kreisrankenhaus noch eine nicht ganz unerhebliche Blutalkoholkonzentration von über fünf Promille hatte. Warum die Patientin allerdings nicht nach Alkohol gerochen hatte, konnte er sich aber auch nicht erklären.

Gutes Training ist halt doch alles! Normalkonsumenten hätten so einen Suff definitiv nicht überlebt.

Dein Freund und Helfer

Der Meldung kam rein als „leblose Person". Der Einsatzort wurde uns angegeben als ein Feldweg in einem nahegelegenen Ort, dort würde ein Einweiser für und bereit stehen. Da der Notruf über die Polizei reingekommen war, sollte auch eine Streife auf Anfahrt sein.

Nach kurzer Zeit waren wir an der angegebenen Stelle angekommen und auch der versprochene Einweiser stand für uns und die Polizei bereit. Eigentlich war er nicht nötig, da vom Einweiser bis zum Patienten nur noch einmal zweihundert Meter Entfernung über eine abgemähte Wiese zurückzulegen und daher die Person recht gut zu sehen war.

Eine Eigenschaft altgedienter Rettungsdienstler ist es, mit dem Fahrzeug so nahe wie möglich zum Einsatzort zu kommen, da die eventuell notwendigen Geräte auch teilweise einiges wiegen und man ja nachvollziehbarerweise so wenig wie möglich schleppen will. Also fuhren wir mit dem Rettungswagen über das Gras zum Patienten. Was wir in diesem Moment nicht ganz einkalkuliert hatten, war dass es in den drei letzten Tagen geregnet hatte.

Beim Patienten angekommen durften wir zur allgemeinen Freude feststellen, dass es sich um eine alkoholisierte Person handelte, die nur ihren Rausch ausschlafen wollte, von vorbeikommenden Passanten falsch beurteilt wurde und weder einer Behandlung durch uns, noch einer Ausnüchterung bei der Polizei bedurfte.

So kam unweigerlich der Moment in dem wir wieder von der Einsatzstelle abrücken wollten. Die Betonung liegt hier eindeutig auf „wollten", denn das nasse Gras, das Straßenprofil der Reifen und die nicht wirklich vorhandene Allradtauglichkeit des Rettungswagens führten im Zusammenspiel dazu, dass sich der Rettungswagen langsam aber sicher in die Wiese eingrub.

Schön wenn man dann die Kollegen der Polizei vor Ort hat, die sich freiwillig dazu bereit erklärten zu schieben und so das Auto wieder in Gang zu bringen. Trotz unserer Bemühungen schnellstmöglich wieder aus der selbstgeschaffenen Situation zu kommen, nahmen die Uniformen der beiden Beamten ein einheitliches dreckbraun mit vereinzelten Grasapplikationen im modischen Partnerlook an. Es hat uns mehr als nur einen Kaffee gekostet, das wieder gut zu machen.

Spielkinder

Vor ein paar Jahren wurde bei uns das Funkmeldesystem eingeführt. Mit Hilfe dieses Systems können dauernd wiederkehrende Meldungen durch das Drücken einfacher Statusziffern an die Leitstelle übermittelt werden. Dieses System entlastet den Funkverkehr bei korrekter Anwendung sehr stark.

Das System sollte in einer Nacht, in der ich auf meiner Wache Dienst hatte erstmal in Betrieb genommen werden. Gegen zweiundzwanzig Uhr kam dann auch der große Moment und das System wurde freigegeben.

Schätzungsweise zehn Minuten danach rief ich auf der Leitstelle an und wollte dem diensthabenden Disponenten eine kleine Wette anbieten: Wie lange es wohl gehen würde, bis der erste Kollege den Status „0" drückt. Dieser ominöse Status „0" ist der interne Notruf und die Leitstelle hat daraufhin Polizei, Feuerwehr und Rettungsdienst zum Standort des betreffenden Fahrzeugs zu schicken. Angenommen wird hierbei ein Notfall, bei dem die Besatzung des Rettungsmittels selbst nicht mehr in der Lage ist kurzfristig weitere Informationen zu geben. Der Disponent lehnte meinen Wettvorschlag jedoch mit dem Kommentar ab, dass die Kollegen der Nachbarwache dieses Kunststück bereits fünf Minuten zuvor vollbracht hätten.

Luftrettung

Unser Einsatz an einem herrlichen Sommertag galt einer jungen Dame, die bei einem Fußballturnier für Freizeitmannschaften, einem sogenannten „Grümpelturnier" einen scharf geschossenen Ball so unglücklich an den Kopf bekommen hatte, dass sie bewusstlos zusammensackte.

Bei unserem Eintreffen mit dem Rettungswagen am Sportplatz des Dorfes war sie noch immer nicht ansprechbar, kreislaufmäßig soweit aber stabil. Das nächste geeignete Krankenhaus befand sich ungefähr fünfundvierzig Minuten entfernt.

Da das Notarztwesen zu dieser Zeit in dieser Gegend noch nicht flächendeckend ausgebaut war, forderten wir zur weiteren Versorgung und auch zum Transport der jungen Frau bei der Leitstelle den Rettungshubschrauber an. Auf die Anforderung des RTH antwortete unsere

Leitstelle mit einem, irgendwie ratlos klingendem „Unser Heli ist aber besetzt, was sollen wir machen"? Unseren darauf folgender Hinweis, dass es in Deutschland noch ein paar Dutzend anderer Hubschrauber gebe und wir davon gerne irgend einen hätten, setzte der Disponent so um, dass er uns den SAR-Hubschrauber aus dem nächstgelegenen Luftwaffenstützpunkt alarmierte.

Leider war es zu diesem Zeitpunkt so, dass die Besatzung dieses Helis zuerst einmal einen Notarzt an der Uniklinik aufnehmen musste, da an Wochenenden an der Basis selbst keiner verfügbar war. An der Einsatzstelle gingen wir daher davon aus, dass der Hubschrauber etwa fünfzehn bis zwanzig Minuten nach Alarmierung bei uns eintreffen würde. Leider verwechselte die Hubschrauberbesatzung den Einsatzort mit einer Stadt gleichen Namens nordöstlich ihres Stützpunktes. Wir aber befanden uns südöstlich davon und bis die Besatzung den Fehler bemerkt und korrigiert hatte vergingen noch einmal einige Minuten.

Unser Einsatzort auf einem Sportplatz gehört zu einer Stadt, die noch mehrere, weit verstreute Ortsteile hat. Der Sportplatz an dem wir uns aufhielten liegt auf dem absolut höchsten Punkt dieses einen Ortsteils. Eine solch exponierte Lage ist aus der Luft an und für sich gut erkennbar.

Als sich die Bell UH-1D mit ihrem unverwechselbaren Flap-Flap Rotorengeräusch nach jetzt doch zirka dreißig Minuten ankündigte nahm ich bei Sichtkontakt per Funk Verbindung mit dem Heli auf und teilte dem Piloten mit, dass wir uns in Position drei Uhr, das heißt in seiner Flugrichtung genau rechts von der Maschine befanden. Dies wurde von der Hubschrauberbesatzung mit einem „Verstanden" quittiert und der RTH setzte seinen Flug ohne Kursänderung fort und verschwand wieder aus unserem Blickfeld. Als wir dann wieder mit dem Hubschrauber versuchten Kontakt aufzunehmen, da wir jetzt auch den Heli nicht einmal mehr hören konnten, wollte der Pilot wissen, ob wir uns am nördlichen oder südlichen Ortsausgang befanden. Über diese Anfrage waren wir dann doch etwas erstaunt, da das Dorf, in dem wir auf die Luftretter warteten, eigentlich nur an einer einzigen Strasse liegt, die sich von Westen nach Osten erstreckt. Einen nördlichen, bzw. südlichen Ortsausgang gibt es somit faktisch nicht.

Noch mehr erstaunte uns die gleich darauf folgende Aussage der Besatzung, sie seien jetzt gerade auf dem Sportplatz gelandet, aber dort würde sich kein Rettungswagen befinden. Nach einer kurzen Bedenkzeit fragten wir beim Piloten noch einmal nach, wo sie denn genau gelandet wären und wie der Ort heißen würde in dem sie jetzt stehen. Nachdem uns der Pilot den Namen des Dorfes in dem er gelandet war genannt hatte, mussten wir ihn leider darüber aufklären, dass er sich am falschen Sportplatz befand. Er war zwar in der richtigen Stadt, aber im falschen Ortsteil runter gegangen.

Nachdem der Heli dann schlussendlich nach insgesamt vierzig Minuten bei uns landete, war es der Besatzung sichtlich peinlich gleich zweimal bei einem Einsatz das falsche Ziel angeflogen zu haben.

Ortskenntnis

Im Allgemeinen wissen Mitarbeiter im Rettungsdienst sich recht gut zurechtzufinden in den Orten, in denen man ständig unterwegs ist. Für alles andere gibt es Stadtpläne oder im absoluten Notfall die Leitstelle. Insbesondere Straßen, die man ständig anfährt bleiben im Gedächtnis. Zumindest sollte man meinen. Das Notarzteinsatzfahrzeug wurde zusammen mit dem Rettungswagen zu einem Notfalleinsatz in der Markus-Pflüger-Strasse alarmiert. Hierzu sollte man wissen, dass das NEF und der Rettungswagen nicht zusammen an einer Wache stationiert sind.

Der Fahrer des NEF setzte sich direkt nach der Alarmierung mit der Leitstelle in Verbindung und wollte eingewiesen werden.

Die Antwort des Disponenten lautete: Sie setzen sich in ihr Fahrzeug, starten den Motor, fahren durch die Schranke und dann erstreckt sich die Markus-Pflüger-Strasse rechts und links von ihnen. Das erwähnte Krankenhaus liegt exakt an dieser Strasse und die Ausfahrt von der Notaufnahme mündet genau in diese Strasse. Warum also in die Ferne schweifen......

Frischluftzufuhr

Im Sommer 1999 konnte ich einige Tage auf einem Rettungshubschrauber der DRF hospitieren.

Gegen neun Uhr dreißig morgens rief die Rettungsleitstelle auf der Basis an und der Disponent meinte, er hätte ein Problem. Der diensthabende Pilot antwortete darauf hin nur, dass sich das ganz gut treffen würde, denn er hätte eine Lösung, vielleicht würden ja das Problem der Leitstelle und die Lösung des Piloten zueinander passen.

Das Problem des Disponenten war Folgendes: Ein junger Mann aus der Gegend um Mainz hatte in Frankreich einen schweren Unfall erlitten, bei dem er sich zwei Halswirbel sehr unglücklich gebrochen hatte. Nach der Erstversorgung wollten ihn die Ärzte des französischen Krankenhauses auf seinen eigenen Wunsch in die Universitätsklinik Mainz verlegen. Also kamen die Akademiker auf die grandiose Idee, den jungen Mann bodengebunden mit einem Rettungswagen nach Mainz überführen zu lassen. Dies bedeutete eine Fahrt über ungefähr sechs Stunden auf verschiedenen Autobahnen, inklusive achtundvierzig Kilometern auf dem Autobahnabschnitt (BAB 5 – siehe Geschichte: „Bundesfeldweg"), dessen Fahrbahnoberfläche sich bundesweit laut ADAC im Jahr 2000 im schlechtesten Zustand aller Autobahnen Deutschlands befand.

Die Besatzung des französischen Rettungswagens wurde aber wenigstens angewiesen mit Blaulicht und Martinshorn zu fahren, um die Fahrzeit zu verkürzen und so hoffentlich die Belastung wenigstens einigermaßen in Grenzen zu halten. Es stellte sich aber in der Folge als durchaus problematisch heraus, dass der Fahrer des Rettungswagens die Breite seines Fahrzeugs ausgerechnet in dem Moment falsch einschätzte, als er einen längeren Stau durchfahren wollte. Das Ergebnis war, dass er mit der rechten Seite seines Aufbaus an einem

Lastwagen hängen blieb, wodurch der Kofferaufbau des RTW weit aufgerissen wurde. Eine Weiterfahrt mit diesem Einsatzfahrzeug war somit unmöglich geworden.

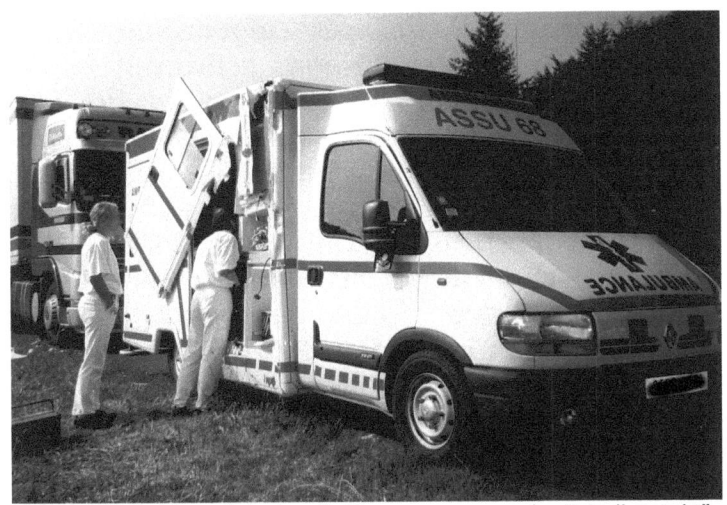

beschädigter französischer Rettungswagen nach „Feindkontakt"

Die nachgeforderte Besatzung des, für diesen Autobahnabschnitt zuständigen, Rettungsdienstes war angesichts der gesicherten Diagnose des Patienten und der Aussage der Leitstelle richtigerweise der Ansicht, dass sie diesen Patienten nicht bis nach Mainz fahren könnten und wollten. Die entsprechende Reaktion der Leitstelle war der morgendliche Anruf auf der Station des Christoph 54. Mit Hilfe des Hubschraubers konnte der junge Mann dann schlussendlich mit der geringst möglichen Belastung und in gerade einmal noch vierzig Minuten in das vorgesehene Zielkrankenhaus gebracht werden.

Wenigstens aber hatte die Besatzung des französischen Rettungswagens während der

Wartezeit auf Hubschrauber und Abschleppdienst genügend Frischluft im Fahrzeug um den heissesten Tag des Jahres zu überstehen.

Kommunikationsprobleme

Die alte Patientenzufahrt am ehemaligen städtischen Krankenhaus beschrieb einen Kreis mit je einer Abfahrt pro Hälfte für Kranken- bzw. Rettungswagen. In der Mitte ging eine Fußgängerbrücke darüber.
Der Hauptunterschied zwischen Kranken- und Rettungswagen bei dieser Abfahrt war, dass Krankenwagen ohne Hochdach darunter hindurch passten, während die Fahrer von Rettungswagen höllisch aufpassen mussten um nicht die Sondersignalanlage mechanisch grob vom Dach zu trennen. Kurz gesagt, für alle Fahrzeuge, die mit Blaulicht höher als zwei Meter sechzig waren, war die Einfahrt schlicht und einfach zu niedrig und außerdem zu schmal, um mit der Trage an einem, in der Auffahrt geparkten, Fahrzeug vorbei zu passen.
An diesem Abend stand unter der Brücke ein PKW, mit dem ein Patient von seinen Angehörigen privat ins Krankenhaus gebracht wurde. Wir kamen mit unserem Patienten an und mussten, aufgrund der beschriebenen Durchfahrtshöhe und der Enge der Einfahrt rückwärts zum Eingang herunterfahren.
Da ich mit der Einfahrt in meiner Anfangszeit noch nicht so vertraut war, bat ich meinen Kollegen, dass er mir doch bitte sagen sollte, wie viel Platz ich nach hinten noch habe. Was ich damit meinte war, dass mein Kollege mit

bitte mitteilen sollte, wenn wir der Brücke zu nahe kommen würden, so dass ich den Rettungswagen rechtzeitig abstellen konnte. Mein Kollege dachte aber, dass ich das Auto in der Einfahrt meinte und daher sagte er mir erst sehr spät Bescheid.

Soweit war das aber noch kein Thema. Ich hielt an, stieg aus und ging nach hinten um die Hecktüren des RTW zu öffnen. Dabei schaute ich nach oben an die Brücke und sah, dass das hintere Blaulicht unseres Rettungswagens genau am T-Träger der Brücke anlag. Uff, noch einmal Glück gehabt. Das Blaulicht war unbeschädigt.

Als wir allerdings den Patienten aus dem Auto ausluden, nahm das Verhängnis seinen Lauf: Mit einem lauten Knall zerplatze die blaue Schutzkappe und eine riesige Scherbe flog knapp am Gesicht unseres, jetzt plötzlich sehr wachen und überraschten Patienten vorbei.

Durch die Gewichtsentlastung beim Ausladen ging das Fahrzeug wenige Zenitmeter in die Höhe und die Spannung auf dem Blaulicht war jetzt einfach zu stark geworden, so dass es sich kurzentschlossen in seine Einzelteile zerlegte.

Anhand dieses Ereignisses durfte ich dann auch noch feststellen, wie schnell sich Neuigkeiten bei uns auf der Wache verbreiten. Obwohl ich Nachtschicht hatte und den Schaden am folgenden Morgen beim Rettungsdienstleiter melden wollte, begrüsste dieser mich schon mit einem fröhlichen „Hallo Blaulichtkiller".

Schnellschnitt

Als ich im Rettungsdienst anfing, hatten wir einige Krankenwagen auf VW T3 Basis ohne Hochdach. Diese Fahrzeuge waren teilweise durch den Katastrophenschutz besorgt worden und daher auch entsprechend spartanisch ausgerüstet. Dies galt ausdrücklich auch für die Sondersignalanlage. Hauptsache es war ein (!) Blaulicht auf dem Dach und eine elektrische Tröte vorhanden. Eine andere Bezeichnung hat sich dieses Teil auch bei freundlichster Betrachtung wirklich nicht verdient.

Diese Hupe verschluckte sich grundsätzlich schon, wenn man nur den Blinker im Fahrzeug betätigte, so viel also zum Thema abgeschirmte Elektrik im Fahrzeug. Die allgemeine Warnwirkung dieser Anlage war nicht gerade überragend, aber im absoluten Notfall musste man sie leider, in Ermangelung weiterer Alternativen, verwenden. Sie klang weniger nach „Platz machen", mehr nach „Entschuldigung, dass ich störe".

Zu der erwähnten Zeit gab es noch sogenannte „Schnellschnitte". Dies waren Fahrten, bei denen Gewebeproben, die während einer Operation entnommen wurden, schnellstmöglich in die Pathologie gebracht werden. Dort wurden die Proben untersucht und dem Krankenhaus noch während der stattfindenden Operation das Ergebnis mitgeteilt. Dies ist zum Beispiel wichtig bei der Frage ob eine Gewebewucherung ein gut- oder bösartiger Tumor ist.

Wir bekamen an diesem Tag den Auftrag, einen solchen Schnellschnitt zu fahren. Also bewegten wir uns mit unserem Krankenwagen zum

Krankenhaus und übernahmen an der OP-Schleuse die gekühlte Gewebeprobe. Als ich wieder ins Auto eingestiegen war, schaltete mein Kollege Blaulicht und Martinshorn ein und nahm die knapp zehn Kilometer lange Reise in Angriff. Die ersten drei Kilometer war dies noch kein Problem, nur schon kurz danach setzte ein Ton in der Signalfolge aus. Man hörte nur noch ein verschämtes leises TÜÜ, das TA fehlte und kam auch nicht wieder. Nach weiteren drei Minuten gab die Anlage keinen Ton mehr von sich. Die Sondersignalanlage hatte sich jetzt entschlossen der Peinlichkeit ein Ende zu bereiten und stellte die Huparbeit eigenständig ein.

OK, fahren wir halt vorsichtiger, nur noch mit dem Blaulicht weiter. Notfalls benutzen wir halt die normale Hupe. Diese Überlegung konnte in dem Moment auch schon zu den Akten gelegt werden, als ich feststellte, dass diese blaue Warze auf dem Autodach auch nicht mehr blinkte, sondern dass der Rotor in einer Position feststand. Das Blaulicht leuchtete nur noch nach rechts hinten. Jetzt war auch für uns trotz unserer nachgewiesenen Leidensfähigkeit endgültig der Zeitpunkt erreicht, die peinliche Vorstellung zu beenden und ganz normal in die Pathologie und anschliessend in die Werkstatt zu fahren.

Eigentlich wollten wir ja mit der Karre eher zum Schrottplatz fahren, aber irgendwie hatte die Geschäftsführung dann doch noch etwas dagegen.

Familienbande

Von der Leitstelle wurden wir in einen Ortsteil zu einem Anwesen geschickt. Der Einsatzanlass sollte ein versuchter Selbstmord sein. Als wir mit unserem Notarzt ankamen, stellten wir fest, dass es sich um einen Bauernhof handelte. Einige Angehörige zeigten uns auch sofort den Weg zum Patienten. Dieser lag im Obergeschoss der Scheune auf dem Boden, neben dem Mann lag ein Seil auf dem Boden. Der Patient selbst zeigte im EKG nur noch eine Nulllinie, so dass wir unsere Bemühungen recht bald einstellten.

Auf unser Nachfragen schilderten uns die Angehörigen, dass sie den Mann etwa fünfzehn Minuten vor unserem Eintreffen gefunden hätten. Er hing an einem Strick von der Heubühne herunter, etwa einen halben Meter über dem Boden. Also habe man sich spontan entschlossen, nach oben zu gehen und ihn am Seil wieder hochzuziehen. Normalerweise schneidet man eine Person, die im Seil hängt ab und lässt sie vorsichtig nach unten. Mit der geschilderten Aktion aber machten sie den Selbstmordversuch absolut wasserdicht.

Tja, wer solche Freunde hat, braucht keine Feinde mehr.

Ein Wort zuviel

Während eines Nachtdienstes sollten wir einen Patienten vom Krankenhaus in das für ihn zuständige psychiatrische Landeskrankenhaus verlegen. Das ist eine Fahrtstrecke von über einhundertzehn Kilometern und sichert so mindestens dreieinhalb bis vier Stunden Zeitvertreib bis zum Einsatzende.

Unser Patient wartete auf der chirurgischen Ambulanz des örtlichen Krankenhauses, während die Polizei vor dem Krankenhaus die Entscheidung des Arztes abwartete, ob der Transport von einem Beamten begleitet werden sollte oder nicht. Dies hängt im Allgemeinen davon ab, wie weit der Patient zur Kooperation bereit ist.

Unserer meinte vordergründig zu uns und dem Krankenhauspersonal, dass er sicherlich keine Probleme machen werde. An diese Aussage erinnerte er sich allerdings schon volle zehn Sekunden später nicht mehr, als er sich bei uns auf die Trage legen sollte, so dass wir ihm zum Rettungswagen bringen konnten. Kein Zureden half, er weigerte sich standhaft.

Das war der Moment, in dem den Polizeibeamten klar wurde, dass wohl einer von ihnen in den sauren Apfel beißen und den Transport begleiten musste. Aber so weit waren wir ja noch nicht. Zuerst musste der Patient auf unsere Trage gebracht werden und dies ging leider nur, nachdem alle anderen Versuche gescheitert waren, mit tatkräftiger Unterstützung der Polizei. Nach der letzten Aufforderung durch die Polizisten, der er ebenfalls nicht nachkam, beförderten ihn die Beamten deutlich unsanfter, als wir es getan hätten, auf die Trage und fixierten ihn mit Handschellen an den Seitenbügeln. Leider besänftigte diese Aktion unseren Patienten absolut nicht. Jetzt versuchte er mit den Beinen nach den Umstehenden zu treten mit dem Ergebnis, dass er jetzt auch an den Füssen und Beinen mit Gurten fixiert wurde. Der Transport selbst war relativ normal, wenn man von den dauernden Flüchen und Drohungen unseres gut verschnürten Päckchens absieht.

In der vorgesehenen Station der Psychiatrie warteten schon zwei Pfleger auf uns und unser Mitbringsel und führten uns in das Patientenzimmer. Dies war ein großer, kahler Raum, mit einem Krankenbett in der Mitte und einer weiteren Matratze, die auf dem Boden lag. Der eine Pfleger erklärte daraufhin dem Patienten die Situation: Er habe die Möglichkeit die Anweisungen des Personals zu befolgen, dann könne er im Bett schlafen und würde nur mit einem Bauchgurt fixiert, im anderen Fall, müsste er auf der Matratze auf dem Fußboden die Nacht verbringen und würde an Armen und Beine fixiert werden. Am nächsten Morgen würde dann im Arztgespräch das weitere Vorgehen entschieden werden.

Unser jetzt plötzlich lammfrommer Patient erklärte sich überaus freudig bereit alle Bedingungen des Pflegepersonals zu erfüllen und selbstverständlich zu friedlich zu sein. Also fuhren wir mit unserer Trage neben das Bett und wollten gerade anfangen ihn umzulagern, als er von uns seine Zigaretten verlangte. Der Pfleger erklärte ihm ruhig, dass es in den Patientenzimmern ein absolutes Rauchverbot gebe und daher könne er ihm die Zigaretten auch nicht geben. Unser Kunde wollte dies aber irgendwie nicht einsehen und schrie daher den Pfleger an mit: „Interessiert mich nicht du Arsch, ich will rauchen"!

Der angesprochene Pfleger blieb völlig ruhig und meinte nur: „In Ordnung, ich hatte es ihnen angeboten, aber anscheinend wollen Sie nicht kooperieren. Jetzt schlafen sie halt auf dem

Boden." Dies zeigte beim Patienten eine sofortige Wirkung und er gab sich plötzlich wieder lammfromm, nur half dies jetzt nicht mehr weiter. Er wurde von den Pflegekräften auf die Bodenmatratze verfrachtet und an den Fixierpunkten im Boden für die Nacht verpackt.

Der Vorfall zeigt deutlich, dass es manchmal mehr bringt die Klappe zu halten. So aber versaute er sich mit einem überflüssigen Satz einen sowieso schon miserablen Tag noch mehr.

Eine besonders herzliche Begrüssung

Es gibt im Rettungsdienst einfach bestimmte Adressen, die brennen sich in das Gedächtnis ein. Oftmals sind dies Anschriften von Patienten, die wir aus verschiedenen Gründen immer wieder holen.

Als wir vom diensthabenden Disponenten zu einer dieser wohlbekannten Adressen in einem Ortsteil geschickt wurden, sträubten sich bei uns angesichts der zu erwartenden Zustände bereits die Nackenhaare. Die beiden älteren Damen, ihres Zeichens Schwestern, die in dem Haus wohnten litten am sogenannten „Vermüllungssyndrom". Sie konnten einfach nichts wegschmeißen, weswegen sich der Müll bereits meterhoch in dem Haus stapelte. Eine eventuelle Unterteilung zwischen Müll, Gebrauchsgegenstände und Lebensmittel war für uns auch beim besten Willen nicht erkennbar.

Für einen Durchgang durch das Chaos blieb ein zirka fünfzig Zentimeter breiter Trampelpfad. Nach unserer unmaßgeblichen Meinung hätte man das Haus abreißen müssen um es wieder einigermaßen auf Vordermann zu bringen. Als zusätzliche Erschwernis war eine der beiden Schwestern gehbehindert und litt unter einer chronischen Herzerkrankung.

Heute, wie auch die anderen Male zuvor, war sie wieder einmal gestürzt und konnte aus eigenen Stücken nicht mehr aufstehen. Also hielten wir mit unserem Fahrzeug vor dem alten Haus, stiegen aus und klopften an der Türe, da eine Klingel nicht vorhanden war.

Einige Zeit später hörten wir die Treppe im Inneren des Hauses knarren und die ältere Schwester unserer designierten Patientin öffnete. Anbetrachts der Tatsache, dass wir den Zustand der Wohnung und den daraus resultierenden Geruch kannten, waren wir einige Schritte von dem Eingang zurückgegangen um die erste Wolke des Wohlgeruchs an uns vorbeiziehen zu lassen. Theoretisch hätte die auch klappen können, wenn uns die Wohnungseigentümerin nicht in ihrer unnachahmlichen Art herzlich begrüsst hätte.

Sie stellte sich unter den Türrahmen, ließ einen herzhaften Furz ziehen und bemerkte dann: „Auf was warten Sie denn noch. Kommen Sie schon herein. Meine Schwester kann nicht mehr aufstehen".

Wer kann solch einer freundlichen Aufforderung schon widerstehen. Rettungsdienstpersonal während der Arbeitszeit leider nicht.

Weinlaune

Bei der Meldung, dass ein Passant von einem Fahrzeug angefahren worden ist, ist das

Spektrum der möglichen Verletzungen sehr groß. Wenn man aber keine genaueren Informationen hat, geht man im Rettungsdienst immer zuerst von der schlimmsten Version aus. Die Meldung war, dass ein älterer Mann von einem Bus angefahren worden sei und jetzt stark blutend auf der Strasse liegen würde. Der Einsatzort war gerade einmal sechshundert Meter von unserer Rettungswache entfernt, so dass wir innerhalb kürzester Zeit vor Ort waren. Am Boden lag ein laut schimpfender Mann, der von hilfsbereiten Menschen am Boden gehalten wurde. Alle Umstehenden redeten dem Mann gut zu, er solle doch bitte liegen bleiben, der Rettungswagen sei schliesslich gerade angekommen und jetzt würde ihm professionell geholfen.

Irgendwie machte der Patient auf uns aber nicht den Eindruck eines Schwerverletzten, obwohl sich an seinem rechten Bein eine grosse rote Lache gebildet hatte. Immerhin machte er mit diesem Bein andauernd Versuche wieder aufzustehen, was aber durch die Bemühungen der hilfsbereiten Umstehenden immer wieder verhindert wurde. Er gab bei der Untersuchung auch keinerlei Schmerzen an, ärgerte sich aber massiv und lautstark über den riesigen Aufstand, der um seien Person gemacht wurde. Nach seiner Schilderung sei er auch nicht vom Bus getroffen worden, sondern über einen Stein gestolpert und deshalb hingefallen.

Unsere eingehende Untersuchung bestätigte auch innerhalb kürzester Zeit die Vermutung, dass unser Patient unverletzt war. Die grosse tiefrote Lache an seinem Bein stammte von einer guten Magnumflasche Rotwein der Marke

„Pennertod", die er fünf Minuten zuvor in einem Discounter gekauft hatte.
Merke: Nicht alles was rot und flüssig ist, ist auch zwangsläufig Blut.

Vorschriften

Die so ziemlich übelste Zeit für einen Einsatz während der Nachtschicht ist gegen drei bis vier Uhr morgens. Zu dieser Zeit hat man normalerweise seinen toten Punkt. Sich dann auch noch innerhalb von Sekunden auf Höchstleistung zu steigern um Patienten optimal zu versorgen grenzt schon an ein kleines Wunder.
Wenn dann als Krönung die Einsatzmeldung auch noch lautet, dass man bitte an das örtliche Krankenhaus fahren solle, der Patient liege auf dem Rasen vor dem Fenster der chirurgischen Notfallaufnahme, dann kennt die Begeisterung fast kein Grenzen mehr. Sollte sich dann, sozusagen als Sahnehäubchen obendrauf, noch herausstellen dass dieser Patient auch noch ein stadtbekannter Tippelbruder ist, der wieder einmal zuviel getankt hat, dann können auch dem hilfsbereitesten und gutmütigsten Rettungsdienstler Gedanken kommen, die bei Umsetzung in die Tat mehrjährige Freiheitsstrafen nach sich ziehen würden.
Wie wir in der Zwischenzeit zudem noch erfahren hatten, kam der Notruf auch noch vom Krankenhauspersonal, welches den Patienten vor dem Fenster liegen gesehen hatte und dabei freundlicherweise sofort an uns dachte.
Also fuhren wir zur angegebenen Stelle, luden unseren alten Bekannten auf die Trage und

schoben ihn die zehn Meter bis zur Notfalleinfahrt des Krankenhauses, um ihn an das bereits höchst ungeduldig wartende Krankenhauspersonal zu übergeben. Wie man uns jetzt noch als „Trost" sagte, hätte man den Mann ja eigentlich schon selbst holen wollen, aber nach den Krankenhausvorschriften dürften sie es nicht. Frei nach dem Motto von Karl Valentin: „Möchten habe ich schon wollen, aber dürfen habe ich mich nicht getraut."

Dass der Patient, wie von allen schon vermutet, nicht bis zum nächsten Morgen im Krankenhaus blieb, sondern sich nach allmählicher Ausnüchterung vorzeitig wieder auf eigene Verantwortung aus dem warmen, sauberen Krankenhausbett entfernte, passte völlig zu dem Einsatz.

Wie bereits erwähnt, die Gedanken die einem bei so einem Einsatz kommen sollte man nicht mal ansatzweise nicht in die Tat umsetzen.

Stuntman

Zur Ausbildung im Rettungsdienst gehört auch ein Praktikum auf dem Rettungswagen. Die Länge dieses Praktikums ist dabei abhängig von der Art der Ausbildung. Als Zivildienstleistender ist ein zweiwöchiges Praktikum als drittes Besatzungsmitglied auf einem RTW vorgesehen. Als völliger Neuling in diesem Tätigkeitsfeld ist aber jeder schon in dem Moment nervös, wenn die Fahrt an der Rettungswache losgeht. Im Normalfall wurde man vorher von der erfahrenen Besatzung in erste Tätigkeiten eingewiesen. Dazu gehört auch, dass der Praktikant, der aus Platzgründen im

Patientenraum mitfährt den ebenfalls hinten untergebrachten Notfallkoffer an der Einsatzstelle mitnimmt.

Unser frischer Rettungshelfer-Azubi kam aus einem anderen Bundesland und verfügte daher über noch absolut keine Ortskenntnis. Alles was er wusste war, dass es sich um einen internistischen Notfall im Stadtgebiet handelte, wobei das Fahrzeug ohne Sondersignal vom Hausarzt bestellt war. Auch die Sicht durch das kleine Fenster zum Fahrerraum bot keine große Hilfe. Eifrig hatte er sich also schon mal den Koffer geschnappt um damit später bei der Ankunft keine Zeit zu verlieren.

Der Rettungswagen hielt an, unser Praktikant öffnete die hintere Türe und wollte gerade aussteigen, als der Rettungswagen wieder anfuhr und unser Zivi mit einem Mal auf der Straße lag. Das Fahrzeug hatte nur an einer roten Ampel angehalten, der eigentliche Einsatzort war zweihundert Meter weiter. Glücklicherweise hatte unser Praktikant sich bei der akrobatischen Höchstleistung nicht verletzt und konnte so mit dem Koffer die letzten paar Meter bis zum Einsatzort joggen.

Der Absturz

Manchmal müssen wir nicht zum Notfall kommen, sondern der Notfall kommt zu uns. Zugegeben, das ist selten, aber es kam schon vor.

Soweit möglich nehmen wir anfallende Reparaturen auf der Rettungswache selbst vor. Zum Glück haben wir in der Regel meist einen fachkundigen Mitarbeiter im Personalstamm verfügbar, soweit es sich um kleinere Dinge handelt. Einer unserer ehemaligen Zivildienstleistenden, der uns als ehrenamtlicher Mitarbeiter nach Ende seines Ersatzdienstes erhalten blieb, war gelernter Elektriker. Daher bot es sich an, ihn zu fragen, ob er uns an der Garagendecke ein Elektrokabel neu verlegen würde. An einem Wochenende wollte er sich dieser Aufgabe widmen. Beide Fahrzeuge wurden aus der Garage gestellt, so dass unser Kollege von dieser Seite keine Hindernisse befürchten musste. Er stellte sich die Leiter und machte sich an die Arbeit, wobei er noch ausdrücklich versicherte, wenn er Hilfe bräuchte, würde er sich melden.

Nicht allzu lange danach, gab es einen lauten, metallischen Knall und einen dazu passenden Schrei aus der Garage. Augenscheinlich brauchte er jetzt Hilfe, das war unüberhörbar. Der Kollege lag auf dem Boden in der Garage und daneben lag die offensichtlich weggerutschte Leiter. Unser Elektriker hatte wirklich ganze Arbeit geleistet: Bruch beider Handgelenke und einen Bruch des rechten Ellenbogens. Wenigstens hatte es der Rettungsdienst nicht weit bis zur Einsatzstelle und konnte den vormals Kollegen, jetzt Patienten schnell ins Krankenhaus bringen.

Eine Sache gäbe es da allerdings noch zu erwähnen: Der diensthabende Rettungsdienstzivi verpennte die ganze Aktion. Als alles schon wieder vorbei war und er aus dem Schlaf der Ungerechten erwachte fragte er nur, wo denn unser Kollege abgeblieben sei. So schnell könne er das Kabel doch nicht verlegt haben.

Ampelbekanntschaft

Ich hatte mit einem unserer „altgedienten" Kollegen Dienst auf dem Rettungswagen. Auf der Rückfahrt von einem Einsatz zu unserer Wache, bekam dieser plötzlich einen seiner berühmt-berüchtigten humoristischen Anfälle. Als wir verkehrsbedingt an einer Ampel stehen bleiben mussten, griff er nach dem Funkhörer, der zu dieser Zeit aussah wie ein alter Telefonhörer – und streckte ihn einer Fahrradfahrerin zu, die rechts neben uns gehalten hatte. Diese hatte augenscheinlich an nichts Böses gedacht, als eine Stimme plötzlich zu ihr sagte: „Telefon für Sie". Völlig überrascht griff sie tatsächlich nach dem Hörer und versuchte im ersten Moment angestrengt herauszufinden, wer den am anderen Ende sei. Allerdings brachte sie das breite Grinsen meines Kollegen sehr schnell wieder in die Realität zurück.
Welche Kommentare sie allerdings für die Aktion übrig hatte, konnten wir zum Glück nicht mehr hören, da die Ampel gerade rechtzeitig wieder auf Grün gewechselt hatte.

Erstens kommt es anders...

Jeder der im Rettungsdienst tätig ist, hinterfragt die Einsatzmeldung der Leitstelle in der Regel aus gutem Grund mehr als nur einmal. In unserem Fall lautete sie: „Kleinkind aus grosser Höhe gestürzt". Einsatzort war eine Stadt im benachbarten Landkreis.
Da der eigentlich zuständige Rettungswagen in einem Einsatz gebunden war, fuhren wir die

Einsatzstelle mit unserem Notarzt an. Außerdem hatten wir noch einen Kollegen dabei, der an diesem Tag nichts Besseres vorhatte und seine Freizeit faktisch als dritter Mann auf dem Rettungswagen verbrachte. Die Einsatzstelle war schnell gefunden und die Mutter des Kleinkindes führte uns in den ersten Stock des Hauses in dem ihre Tochter auf uns wartete. Na ja, auf den ersten Blick war das Kleinkind irgendwie erstaunlich gross. Immerhin schon einhundertsiebzig Zentimeter groß und dreiundzwanzig Jahre alt. Soviel zum Thema Kleinkind.

Auch die vermeintliche große Höhe stellt sich als eine leichte Fehlinformation heraus. Die Fallhöhe betrug immerhin einen ganzen Meter, der hier allerdings ausreichte für einen konkreten Verdacht auf Bruch eines Halswirbels. Netterweise hatten die wohlmeinenden Angehörigen die junge Patientin aus dem Erdgeschoss, denn dort war sie eigentlich gestürzt, über das sehr enge Treppenhaus äußerst schonend wieder in den ersten Stock hochgebracht.

Das ist sowieso ein Phänomen, das im Rettungsdienst immer wieder auftritt und das mir bisher niemand schlüssig erklären konnte: Wieso bringe ich jemanden, der Hilfe benötigt und offensichtlich transportiert werden muss, in den hintersten erreichbaren Winkel des Hauses? Wie auch immer, die Patientin musste so schonend wie möglich nach unten gebracht werden. Hierzu bot sich der Weg mit Hilfe der Feuerwehr über die Drehleiter an. Unsere Patientin lag genau vor dem grossen Wohnzimmerfenster und das ging praktischerweise auf die Hauptverkehrsstraße raus.

Unser zusätzlicher Kollege alarmierte also die Feuerwehr und ging dann in den angrenzenden Supermarkt um sich einen neuen Zigarettenvorrat während der Wartezeit auf die Feuerwehr zuzulegen. In der Zwischenzeit machten wir die Patientin transportfähig.

Nach Eintreffen der Floriansjünger brachten diese die Drehleiter auf der anderen Straßenseite in Stellung und bereiteten die Rettung mit Hilfe ihrer speziellen Tragenhalterung für den Drehleiterkorb vor. Als dann der Korb unter dem Fenster in Stellung gebracht worden war, wurde der Verkehr wieder unter dem ausgefahrenen Leiterpark durchgeleitet. Einen Stau verursachen wollte ja keiner! Auch das ist ein Bild, das man nicht jeden Tag zu sehen bekommt, die Unsicherheit war manchen Verkehrsteilnehmern richtiggehend ins Gesicht geschrieben.

Drehleiterrettung

95

Der Rest der Rettungsaktion und der anschließende Transport waren wiederum Routine, aber immerhin war es die erste reale Drehleiterrettung dieser Feuerwehr. Übung kann sich doch bezahlt machen. Übrigens: Die Verdachtsdiagnose bestätigte sich im Krankenhaus glücklicherweise nicht.

Schlammpackung

Einsätze mit dem Rettungshubschrauber sind nach fünfzehn Jahren Rettungsdienst eine Routineangelegenheit geworden. Trotzdem gibt es von Zeit zu Zeit kleine Änderungen im Programm, so dass es nicht zu langweilig wird. Der Hausarzt einer älteren Dame hatte uns angefordert. Seine Patientin läge am Boden und sei nicht mehr ansprechbar, worauf er einen Apoplex diagnostiziert hatte. Am Einsatzort angekommen schlugen wir dem Hausarzt nach dessen Übergabe und Einschätzung der Lage vor, den Hubschrauber für den Transport zu bestellen. Bodengebunden würde der geplante Transport schätzungsweise fünfundvierzig bis sechzig Minuten dauern. Angesichts des Zustandes seiner Patientin, der sich ständig verschlechterte, stimmte der Hausarzt zu und wir bestellten über die Leitstelle den Heli. Bis zu dessen Ankunft wurde die Patientin primär transportfähig gemacht und in gemeinsamer Anstrengung von uns aus ihrer Wohnung mit Hanglage (gezählte dreiundsechzig Stufen von Wohnungstür bis Strasse) zum Rettungswagen gebracht. Der Heli selbst konnte an der Einsatzstelle nicht landen, so dass nur die Notärztin abgesetzt wurde und der Pilot sich selbstständig einen geeigneten Landeplatz aussuchte.

Als dann die weitere Versorgung abgeschlossen war, schilderte uns der Pilot, wo er denn nach seiner Ansicht gelandet war. Entsprechend dieser Schilderung fuhren wir los, allerdings wunderten wir uns immer mehr, wo denn der Landeplatz tatsächlich sein sollte, nachdem wir ihn nach fünf Minuten Fahrtzeit noch immer nicht gefunden hatten und jetzt bereits wieder aus dem 150-Seelen Dorf hinausfuhren. Zu seiner Ehrenrettung: aus der Luft sieht alles etwas anders aus. Nachdem wir dann den Heli doch noch aus den Augenwinkeln heraus gesichtet hatten, er stand wirklich im Dorf, aber an einer ganz anderen Stelle als beschrieben, wendeten wir und fuhren zum Übergabepunkt an einer Wiese.

Die jetzt intubierte Patientin wurde auf die Trage des Hubschraubers umgebettet und für den Lufttransport verkabelt. Der Flughelfer und mein Kollege positionierten sich hinten an der Helitrage, der Pilot und ich vorne, um die Patientin möglichst schonend über die Wiese zum Hubschrauber zu bringen. Da es den ganzen Tag schon regnete, meinte der Pilot noch auf halbem Weg, dass wir aufpassen sollten, die Wiese sei sehr rutschig. Kaum gesagt, legte er sich auch schon unplanmäßig in den Matsch und ich hatte dabei sehr große Mühe, die Trage einigermaßen noch im Gleichgewicht zu halten und mich nicht daneben zu legen.

Auf diese Art kann man sich auch eine Fangopackung genehmigen, es gibt aber definitiv schönere Methoden.

Einige Tage später traf ich den Flughelfer bei einem weiteren Einsatz wieder. Er gab nur an, dass sie größte Mühe gehabt hätten, den Sitzbezug des Piloten wieder sauber zu bekommen. Sie würden es sich aber noch überlegen für zukünftige Fälle Windeln mitzunehmen.
Wer den Schaden hat, spottet halt jeder Beschreibung.

Spurensicherung

Leider kommt es mitunter vor, dass bei der Zusammenarbeit verschiedener Organisation am Einsatzort, die eine so sehr auf ihren eigenen Aufgabenbereich fixiert ist und damit die Arbeit anderer aus den Augen verliert oder sogar behindert. Glücklicherweise ist dies aber nur selten der Fall.
Wir wurden zu einer wohlbekannten Adresse in einen Nachbarort gerufen. Dort habe es anscheinend nach einer tätlichen Auseinandersetzung einen Verletzten gegeben. An der angegebenen Adresse ist eine Wohngemeinschaft untergebracht, die ausschließlich aus Alkoholikern besteht.
Diese Zusammensetzung barg ein erhebliches Konfliktpotenzial. Wie gesagt, die Adresse war uns aus vorherigen Einsätzen sehr gut bekannt. Dort stand bereits bei unserer Ankunft eine Polizeistreife vor dem Haus. Wir gingen also mit unserer mobilen Ausrüstung und unserem Notarzt in die Wohnung im dritten Stock um dort einen Patienten vorzufinden, der in einer grossen Blutlache lag.

Irgendwie sah dieser Mann nicht mehr so gut aus, aber der erste Kommentar der vor Ort befindlichen Polizeibeamten war, wir sollten nichts anfassen, die Kripo sei schon informiert und auf dem Weg. Vor allem dürften wir nicht den Bereich um den Mann betreten, da wir eventuelle Spuren zerstören könnten. Auf unsere bescheidene Frage, wie wir denn dann an dem Patienten arbeiten sollten, gab es nur ein Schulterzucken. Nach sehr kurzer, aber heftiger Diskussion setzten wir dann aber doch durch, dass wir uns dem Patienten widmen konnten. Dem war aber beim besten Willen nicht mehr zu helfen. Seine Kontrahentin hatte im Streit mit einem gezielten Stich mit einem Schraubenzieher ganze Arbeit geleistet, so dass sich die Kripo nach unserem geordneten Rückzug doch noch ihrer Arbeit widmen konnte.

Hochspannung

Der diensthabende Leitstellendisponent rief bei mir zu Hause gegen halb neun Uhr Abends an und teilte mir mit, dass gerade zwei Rettungswagen in unseren höchstgelegenen Ortsteil unterwegs seien.
Gemeldet worden waren zwei Verletzte nach Blitzschlag bei einem Fußballturnier für Freizeitmannschaften. Er wollte mich als Einsatzleiter nur informieren und fragen, ob ich eventuell vor Ort gehen wollte. Da der erste Rettungswagen bereits seit zehn Minuten unterwegs war und ich in etwa zwanzig Minuten Fahrzeit nach dort oben hätte meinte ich, dass bei nur zwei Verletzten meine Anwesenheit wohl noch nicht erforderlich sei. Wenn sich aber

daraus noch etwas ergeben würde, sollte er mich noch einmal anrufen. Zwei Minuten später klingelte das Telefon schon wieder und der Disponent teilte mir mit, dass sich gerade die Verletztenanzahl auf sieben erhöht hatte. Jetzt war die Alarmierungsschwelle für den Einsatzleiter definitiv überschritten. Ich fuhr darauf hin zur Wache um mit dem überzähligen Einsatzfahrzeug, das auf der Wache stand den Einsatzort anzufahren. Vorher fragte ich aber noch von der Wache aus bei der Leitstelle ab, welche weiteren Fahrzeuge unterwegs seien. Es wurde mir gesagt, dass die örtliche Feuerwehr vor Ort sei und noch ein weiterer Rettungswagen, sowie das NEF aus dem Nachbarort unterwegs seien. Ich forderte zur Unterstützung die Schnelleinsatzgruppe, einen weiteren Rettungswagen, den leitenden Notarzt und das Einsatzleitfahrzeug nach. Außerdem rief ich noch einen Kollegen an, um ihn bereits auf der Anfahrt als personelle Verstärkung mitzunehmen. Auf der Fahrt durch einen sehr heftigen Gewitterschauer in den sechzehn Kilometer entfernten und sechshundert Meter höher liegenden Ortsteil versuchte ich Kontakt mit den bereits vor Ort befindlichen Einheiten aufzunehmen, was, wenn auch nur leidlich, gelang. In der Zwischenzeit hatten sich insgesamt dreizehn Verletzte gemeldet und eine Person wurde noch vermisst. Das ist bei Dunkelheit und Regen so ziemlich das Übelste, was passieren kann, also forderte ich noch die Wärmebildkamera der nächsten Stutzpunktfeuerwehr an um bei einer möglichen Suchaktion ein weiteres Hilfsmittel zu haben.

Endlich an der Einsatzstelle angekommen konnten wir glücklicherweise feststellen, dass bis auf zwei Verletzte alle anderen den Blitzeinschlag nur leicht gespürt und als ein Kribbeln im Körper wahrgenommen hatten. Die beiden anderen hatten leichte Verbrennungen und Herzrhythmusstörungen. Trotzdem mussten alle dreizehn Betroffenen zur Überwachung in Krankenhäuser eingeliefert werden, was aber aufgrund der vorhandenen, beziehungsweise nachrückenden Rettungsmittel kein grösseres Problem war. Auch die vermisste Person fand sich kurz danach bei den Eltern ein. Zeitaufwändig war nur die Suche nach dreizehn geeigneten Krankenhausplätzen auf einmal im ländlichen Raum.

Interessant war aber der Umstand, dass der angesprochene Sportplatz die höchste Stelle im Dorf ist, die nur noch von einem Strommast überragt wird, der direkt am Spielfeld steht. Neben dem Fußballplatz war ein großes Festzelt auf dem völlig durchweichten Boden aufgebaut. Das Erdungskabel des Strommastes ging erfreulicherweise genau unter dem Festzelt hindurch, so dass fast alle, die sich im Festzelt aufhielten den Blitzschlag abbekommen haben.

Kleinen Kindern versucht man immer beizubringen, dass man sich bei Gewitter nie am höchsten Punkt der Umgebung aufhalten soll, Erwachsene scheinen das zu vergessen. Besonders in diesem Dorf, das ein paar Jahre zuvor schon einmal einen Blitzschlag dieser Kategorie mit mehreren Verletzten hatte. Dieser Vorfall wurde sogar mit der RTL-üblichen künstlerischen Freiheit in der Sendung „Notruf" in aller Peinlichkeit breitgetreten.

Da meint man immer, aus Schaden werde man klug, aber manche lernen es halt offensichtlich nie. Übrigens: Unser Einsatz schaffte es mit den typischen Fehlern in die Bild-Zeitung. Im Original: *„Blitz schlug in Party-Zelt ein. 19 Besucher fielen um."*

Der Notarzt

Der Einsatz kam gegen acht Uhr morgens. Gemeldet war nur ein schwerer Verkehrsunfall auf einer Bundesstraße.

Als wir zur Unfallstelle kamen, sahen wir einen PKW in dessen Motorraum zentral ein Baum stand, die Vorderachse war auf Höhe des Lenkrades. Der Fahrer war inzwischen von der Besatzung eins zufällig vorbeikommenden Feuerwehrfahrzeuges aus dem Unfallfahrzeug geholt und in Seitenlage gebracht worden. Wir bestellten sofort einen Notarzt und den Rettungshubschrauber nach.

Das Problem mit dem Hubschrauber war nur, dass Nebel herrschte und es daher nicht garantiert werden konnte, dass er auch sicher zur Einsatzstelle fliegen konnte. Als wir mit der Versorgung des Patienten begonnen hatten, kam plötzlich ein Mann auf uns zu und fragte, ob wir den schon Notarzt bestellt hätten. Das bejahten wir, worauf er uns angab, ER sei der Notarzt.

Gut, da wir uns an der Grenze zu einem anderen Rettungsdienstbezirk befanden und unsere Notärzte damals noch nicht mit einem eigenen Einsatzfahrzeug ausgerüstet waren, konnte dies prinzipiell schon möglich sein. Anstatt sich aber jetzt dem Patienten zu widmen, ging er erst einmal seelenruhig zu seinem Auto zurück und fing an, sich in einen roten Einsatzkombi zu zwängen. Bis er damit fertig war, hatten wir den Patienten schon auf der Vakuummatratze in den Rettungswagen gebracht.

Dort erfuhren wir dann von der Leitstelle, dass der Heli unter allen Umständen versuchen wollte, zur Einsatzstelle durchzukommen. Jetzt bequemte sich auch schon der angesprochene Notarzt zu uns ins Auto und checkte den Patienten mit durch. Ich reichte meinem Kollegen das Set für den venösen Zugang und machte mich daran, die Intubation vorzubereiten. Der Arzt wollte den Zugang legen und bat meinen Kollegen, den Arm des jetzt krampfenden Patienten festzuhalten, damit er besser arbeiten könne.

Er setzte mit der Kanüle an, stach zu und stellte fest, dass er die Vene nicht getroffen hatte. Soweit kein Problem, das kann vorkommen. Mein Kollege fragte darauf hin, ob er denn eine neue Kanüle haben wollte, was der Arzt ablehnte, schliesslich könne man die erste Kanüle nach seiner Ansicht ja problemlos noch einmal verwenden. Also setzte er erneut mit der gebrauchten Venüle an, rutschte ab und traf meinen Kollegen, der nach dieser Aktion, gelinde gesagt, Mord im Blick hatte.

In dem Moment ging die hintere Türe am Rettungswagen auf und ein uns sehr bekanntes Gesicht erschien: Der von unserer Leitstelle alarmierte Notarzt. Dieser warf nur kurz einen Blick in den Patientenraum und fragte, ob der Heli unterwegs sei. Als dies positiv beschieden wurde, machte er die Türe wieder zu und ward erst einmal nicht mehr gesehen. Auch gut: jetzt hatten wir immerhin schon zwei Notärzte an der Einsatzstelle die überfordert waren. Zu unserer Erleichterung landete kurz darauf der Hubschrauber, so dass die Patientenversorgung dann in halbwegs gewohnten Bahnen weitergehen konnte.

Wasserrohrbruch

Die Einsatzmeldung der Leitstelle schickte uns zu einer Wohnung in einem Hochhaus direkt hinter unserer Rettungswache. Die Polizei sei vor Ort und die Feuerwehr würde noch kommen. Gemeldet sei, dass in einer Wohnung seit zwei Tagen der Staubsauger laufe, der Mieter aber überhaupt nicht auf Klingeln reagiere.

Vor der Adresse angekommen teilte uns die Polizei mit, dass aus der Wohnung ein lautes Geräusch komme. Der Mieter sei nicht zu erreichen, obwohl sein Auto auf dem Parkplatz stand. Als die Feuerwehr dann mit ihrem melodischen Presslufthorn jedem an diesem frühen Sonntagvormittag ihre Präsenz mitteilte, weckte sie damit auch einige weitere Bewohner des Hauses. Einer davon gab an, dass in der Wohnung vor wenigen Tagen ein Wasserrohrbruch gewesen sei und dass nach seinem Wissen ein Trocknungsgerät laufen würde.

Durch diese Aussage hatte die Polizei Zweifel bekommen und bat die Feuerwehr, doch bitte die Wohnungstüre möglichst ohne Beschädigung zu öffnen. Die Kameraden nahmen deshalb den elektrischen Lockpicker und begannen mit der Arbeit. Kurze Zeit später stellte sich heraus, dass sie den Schließzylinder nur bis zu einem gewissen Teil aufbekamen und dann ging erst einmal nichts mehr. So schnell wird aber nicht kapituliert, und etwa zehn Minuten später war es soweit. Der Schließzylinder konnte einmal umgedreht werden. Freudige Aussage: Die Wohnung ist offen!

Es wäre schön gewesen, wenn man das auch der Türe mitgeteilt hätte, denn die weigerte sich nach wie vor aufzugehen. Die freundlichen Kommentare der zahlreichen Anwesenden aus allen anwesenden Organisationen gingen dahin, es halt noch einmal zu versuchen, möglicherweise habe der Wohnungsinhaber ja zweimal abgeschlossen. Also wurde das Türschloss mit Hilfe des professionellen Einbruchswerkzeugs noch einmal umgedreht mit der erneuten Aussage: Jetzt ist die Türe aber offen!

Der Ausgang war aber immer noch derselbe wie vorher: Die Türe wusste nichts davon und weigerte sich in Ermangelung dieser essentiell wichtigen Information standhaft aufzugehen.

Nach einem weitern Durchlauf machte ich den Vorschlag, dass wir gerne den Ortsverein des DRK vor Ort holen könnten, um für Verpflegung zu sorgen bis das Türschloss aufgeben würde.

Nach weiteren zehn Minuten herumprobieren, unter anderem mit dem aus Krimis wohlbekannten Scheckkartentrick, gab die Wohnungstüre nach dem letzten Versuch des Kommandanten schlussendlich doch noch auf und erlaubte den freien Blick auf: eine einwandfrei funktionierende elektrische Trocknungsanlage. Ansonsten war die Wohnung leer. Eigentlich verständlich, denn bei dem Lärm der Anlage würde es niemand über längere Zeit in der Wohnung aushalten. Für uns gab dies nach einer guten halben Stunde erstklassiger Unterhaltung einen Fehleinsatz, nachdem wir uns davon überzeugt hatten, dass es der Trocknungsanlage definitiv gut ging und sie unserer Hilfe nicht im Entferntesten bedurfte.

Karl der Käfer

Auf dem Rückflug von Rheinland-Pfalz zu unserer Rettungshubschrauberstation in Baden-Württemberg wurden wir beim Überfliegen eines Landstriches von der zuständigen Leitstelle informiert, dass sich wohl an einem Autobahndreieck in ihrem Zuständigkeitsbereich ein schwerer Verkehrsunfall ereignet habe. Das erste Fahrzeug am Unfallort war ein zufällig vorbeikommender Rettungswagen aus einem fremden Rettungsdienstbereich. Dieser meldete zwei verletzte Erwachsene und fünf Kinder. Ein Van mit Wohnanhänger hatte sich überschlagen.
Aufgrund dieser Rückmeldung bat die Leitstelle darum dass wir mit dem Hubschrauber anfliegen und unseren Notarzt zubringen sollten.
Unser Pilot suchte sich einen geeigneten Landeplatz im Dreieck, der uns einige danach Meter durch hohes Gras führte um zur Einsatzstelle zu kommen. Ein erster Check der Patienten ergab, dass es nicht so dramatisch war, wie angenommen. Bis auf die Mutter und eines der Kinder waren alle anderen nur leicht verletzt. Unser Notarzt bat mich, noch einmal zum Hubschrauber zurückzugehen und den Notfallrucksack zu holen, da er dem Kind ein

spezielles Medikament zur Schmerztherapie geben wollte.

Also ging ich zum Heli, schulterte den nicht gerade leichten Rucksack und machte mich wieder auf Richtung Rettungswagen. Zwischen mir und dem Fahrstreifen lag jetzt nur noch ein klitzekleines Hindernis: Die Leitplanke. Als ich gerade mit dem zweiten Bein über die Leitplanke steigen wollte, blieb ich mit dem rechten Fuß hängen und kam ins Straucheln. Verzweifelt versuchte ich das Gleichgewicht wieder zu finden, was mir aber irgendwie nicht gelingen wollte. Nach Aussage meines Kollegen dauerte dieser Versuch einige Sekunden, bevor ich dann schlussendlich doch rücklings auf den Rucksack fiel. Offenbar muss ich dabei ausgesehen haben, wie ein Käfer, der hilflos auf dem Rücken liegt und zappelt.

Zum Glück hatte niemand eine Kamera griffbereit, um diese Szene der Nachwelt zu erhalten.

Verkehrsunfall im Autobahndreieck

Architektonische Glanzleistung

Im Zuge von Umbaumaßnahmen an unserem Kreiskrankenhaus sollte eine neue Rettungswagenzufahrt entstehen. Hierfür wurde eine große Halle geplant, welche die zukünftige Zufahrt im Untergeschoss wetterfest machen sollte.

Um die Größe der Tordurchfahrt festzulegen wurde der größte Rettungswagen, den der Kreisverband hatte vermessen: Höhe mit Blaulichtern, Breite und Länge. Alles kein Problem bis der Bau fertig war und eigentlich der Bestimmung übergeben werden sollte: Wer hätte denn auch schon vermuten könnten, dass ein Rettungswagen Außenspiegel hat? Ganz offensichtlich nicht der zuständige Architekt.

Immerhin freute sich die Baufirma, die mit Diamantschneidern die Toreinfahrt nachtäglich verbreitern durfte.

Teamarbeit

Der Rettungsdienst versteht sich im Allgemeinen als Team, denn nur gemeinsames Handeln führt zum Erfolg.

So ist es etwa üblich, dass junge unerfahrene Notärzte durchaus auf Vorschläge altgedienter Rettungsassistenten hören, denn die haben im Regelfall die Einsatzsituation schon mehr als einmal erlebt. Wenn allerdings Unerfahrenheit und Nervosität mit fehlendem Teamgeist zusammentreffen, so ist das Chaos nicht mehr weit.

Der Rettungsdienst wurde mit Notarzt zu einem Patienten gerufen, der bei Eintreffen der Besatzung bewusstlos war und an der Heizung lehnte. Schädelverletzungen konnten vor Ort nicht ausgeschlossen werden. Die Notärztin versuchte mehrfach vergebens eine Vene zu punktieren um eine Infusion anschließen zu können. In der jetzt, aufgrund der Fehlversuche aufkommenden notärztlichen Panik wollte sie den Patienten nur noch so schnell wie möglich ins Krankenhaus bringen, damit dort eventuell der Oberarzt weiterhelfen kann.

Den Vorschlag des Rettungsassistenten, dass man doch wenigstens bei einem Notfallpatienten ein EKG anlegen und die Atmung des Patienten mit Sauerstoff unterstützen könnte, lehnte sie mit dem Hinweis ab, dass doch noch kein venöser Zugang vorhanden sei. Nun, ich habe in meiner langjährigen Tätigkeit im Rettungsdienst noch nicht ein einziges Mal eine Situation erlebt, bei dem der Sauerstoff an einen venösen Zugang angeschlossen worden ist, denn eine größere Menge Luft in der Blutbahn führt auf direktem Weg zum schmerzhaften Tod des Patienten.

Die Krönung des ganzen Einsatzes kam dann allerdings noch auf der Intensivstation des aufnehmenden Krankenhauses, als der Oberarzt der Anästhesie den Patienten begutachtete und vorwurfsvoll zum Rettungsassistenten meinte, ob in diesem Fall nicht der Einsatz eines Notarztes gerechtfertigt gewesen wäre. Auf die Antwort, dass dieser Patient vom Notarzt behandelt worden sei, rang der Oberarzt doch sichtlich mit der Fassung.

Ist doch lächerlich

Wir wurden von der Leitstelle in ein Alten- und Pflegeheim geschickt, das knapp zweihundert Meter von der Wache entfernt ist. Dort sollten wir eine Patientin mit Verdacht auf einen Oberschenkelhalsbruch holen. Diese Verletzung ist bei älteren Herrschaften nicht selten. Im Altenheim angekommen berichtete uns das Pflegepersonal, dass die Dame nach dem Frühstück hingefallen ist und das Bein nicht mehr belasten konnte. Ausserdem wurden wir darauf hingewiesen, dass die Dame sehr rüstig und vor allem sehr resolut sei.

Als wir dann mit dem Aufzug im entsprechenden Stockwerk ankamen, brauchten wir niemanden mehr um uns das Zimmer der Patientin zu zeigen. Schon ab dem Lift hörte man sie lautstark schimpfen, dass der ganze Aufwand blödsinnig sein, sie wolle jetzt wieder aufstehen und das ganze sei doch lächerlich.

Bei unserem Anblick erwuchs ihr Kampfgeist erneut. Wir sollen sie gefälligst in Ruhe lassen, das mit dem Bein werde schon wieder. Es sei sicher nur eine Prellung, sie sei ja nicht zum ersten Mal in ihrem Leben gestürzt und ins Krankenhaus gehe sie auf gar keinen Fall. Erst nach längerer Überzeugungsarbeit konnten wir sie dazu bewegen, doch mit uns ins Krankenhaus zu fahren, um das Bein röntgen zu lassen.

Sie bestand aber darauf, nach der Röntgenuntersuchung auf jeden Fall wieder nach Hause zu kommen. Der diensthabende Chirurg durfte sich dann erneut anhören, dass dies alles doch lächerlich sei. Viel zu viel Aufwand wegen gar nichts. Sie wolle jetzt ihren

Stock und wieder nach Hause laufen. Der Chirurg konnte sie dann mit großer Mühe schlussendlich doch noch überzeugen, wenigstens die Untersuchung machen zu lassen, danach könne man ja zusammen über das weitere Vorgehen beraten. Die Röntgenuntersuchung bestätigte schließlich den Verdacht: es war ein ausgewachsener Bruch des Oberschenkelhalses, die operiert werden musste. Erstaunlich wie unterschiedlich das Schmerzempfinden unterschiedlicher Patienten ist. Die einen haben einen kaum erkennbaren Kratzer und spielen den sterbenden Schwan, die anderen mit massiven Verletzungen empfinden den ganzen Aufwand als lächerlich.

Der Hobbyfotograf

Der Alarm galt einer älteren Dame, die nach Informationsstand der Leitstelle versucht hatte sich umzubringen.
Wir kamen an der angegebenen Adresse an und stellten fest, dass die Frau versucht hatte sich mit einem Seil am Griff des Kippfensters aufzuhängen. Zuerst befreiten wir sie vom Seil und begannen nachdem wir den Notarzt nachgefordert hatten sofort mit der Reanimation.
Der Notarzt selbst hatte eine Anfahrt von gut fünfzehn Kilometern. Als er dann nach guten zwölf Minuten vor Ort war, meinte er nur, dass wir angesichts des hohen Alters und den Gesamtumständen die Bemühungen einstellen sollten. Direkt nach dieser Aussage drehte er sich zu den ebenfalls im Raum befindlichen

Polizisten um und meinte, ob er ihre Kamera haben dürfte, er wolle gerne ein paar Bilder für die Fortbildung machen.

Die Beamten hatten ja mit allem gerechnet, aber offensichtlich nicht damit, dass der Notarzt sich als passionierter Hobbyfotograf outen würde.

Späte Einsicht

Nach dem telefonisch durchgegebenen Auftrag der Leitstelle sollten wir eine Frau aus dem Nachbarort abholen und ins Krankenhaus bringen. Wir bekamen noch die Straße und die Hausnummer 47 genannt.
In der angegebenen Straße suchten wir die Hausnummern ab, 37... 39...41...43...Felswand...unbebautes Grundstück. Als nächste Hausnummer kam die 53. Vorsichtshalber fuhren wir die Straße noch zwei Mal ab, das Ergebnis blieb aber jedes Mal dasselbe. Die nächste Hausnummer nach der 43 war und blieb die 53. Folglich fragten wir bei der Leitstelle nach und bekamen zu Antwort, dass wir die korrekte Adresse genannt bekommen hätten, also sollten wir gefälligst weiter suchen, schließlich habe die Leitstelle immer Recht!
Gut, also fuhren wir die Strasse halt noch einmal ab, nur um dem lieben Disponenten danach erneut mitzuteilen, er solle doch bitte mal im Einwohnermeldebuch nachschauen, denn wir finden die entsprechende Hausnummer nicht. Während der Kollege auf der Leitstelle sich äußerst widerwillig an das Studium des Einwohnermeldebuches machte, fragten wir mal bei Anwohnern in der Straße

nach, bekamen aber nur die Auskunft, dass auch von den Gefragten keiner wusste, wo sich das gesuchte Haus befinden könnte.

Nachdem wir so etwa weitere fünfzehn Minuten nach dem Haus gesucht hatten, kam uns eine alte Dame entgegen. Wenn jemand weiss, wo sich Häuser verstecken könnten, dann sind das erfahrungsgemäß die alten Einwohner eines Ortes, so auch hier: Die nette Dame teilte uns mit, dass dieses Haus doch schon vor über zehn Jahren abgerissen worden sei. Die Bewohnerin wohne jetzt in derselben Strasse in Hausnummer 26.

Auch wenn die Leitstelle vorgibt immer Recht zu haben, sollte man manchen Informationen dennoch kritisch hinterfragen. Es könnte sich lohnen!

Handwerkszeug

Wenn man über zehn Jahre im Rettungsdienst tätig ist, meint man im Allgemeinen alles gesehen zu haben. Trotzdem wird man mit diesem Glauben von Zeit zu Zeit eines Besseren belehrt.

Gleich bei Schichtwechsel wurden wir für einen Verdacht auf Herzinfarkt bei einer älteren Dame in ein Dorf geschickt. An der angegebenen Adresse nahmen wir unser Material und gingen in den ersten Stock des Hauses zu der besagten Dame.

Unsere Notärztin begann mit der Untersuchung, während mein Kollege und ich uns daran machten Pulsoxymeter, EKG, Sauerstoff und Infusion vorzubereiten. Ich ging dann zur linken Bettseite um die EKG-Aufkleber bei unserer

Patientin anzubringen. Dafür musste ich zwangsläufig die Bettdecke zurückschlagen. Auch das ist nichts, was selten wäre. Was dabei aber zum Vorschein kam, hatte noch niemand von der Besatzung zuvor in einem Patientenbett gefunden und auch seither habe ich das nicht mehr gesehen: Neben der Dame lag ein Schraubenschlüssel im Kaliber 100 auf dem Bettlaken.

Wie unsere Patientin angab, brauchte sie den Schraubenschlüssel für den Fall, wenn Sie Krämpfe kriegen würde. Dann würde sie ihn sich dann zwischen die Knie klemmen. Wir haben es dann einfach mal vornehm unterlassen genau nachzufragen, um was für Krämpfe es sich dabei genau handeln würde, aber gerüchteweise soll aber auch ein Apfel helfen.

Die Bergtour

Der höchste Berg in unserem Landkreis ist der 1493 Meter hohe Feldberg. Es gibt hier im Winter ausgesprochen schöne Skipisten und im Sommer ausgezeichnete Wanderwege, die auch entsprechend frequentiert sind. Folglich kommt es auch zu einigen Einsätzen im Bereich des Feldberges.

Wir und der parallel alarmierte Notarzt wurden zu einem Ausflugslokal alarmiert, bei dem sich eine Spaziergängerin bei einem Sturz den Fuß verletzt haben sollte. Vor dem angegebenen Ausflugslokal trafen wir dann auch den privat angefahrenen Notarzt und den Passanten, der uns alarmiert hatte, aber eine Verletzte konnten wir weit und breit nicht entdecken.

Auf die Frage, wo sich denn die Patientin befinden würde zeigte der Passant Richtung Gipfel und meinte, dass sie etwa auf der Hälfte des Wanderweges von der Gaststätte zum Gipfel liegen würde. Man könne die Stelle aber von unserem Standort aus leider nicht sehen. Unser Notarzt schlug daraufhin vor, dass wir das voraussichtlich benötigte Material in sein Auto packen sollten und dann alle zusammen mit seinem Landrover Defender einfach querfeldein den Hang hinauffahren könnten. Der Hang selbst schien für einen Defender machbar. Es gab nur ein winziges Problem: Das Auto sprang nicht mehr an. Alle Versuche, den Motor irgendwie wieder zum Laufen zu bringen scheiterten, weil unser Notarzt die Kombination für die Wegfahrsperre plötzlich nicht mehr wusste.

Also entschlossen wir uns, ersatzweise den Rettungshubschrauber anzufordern, da für uns die Einsatzstelle nicht klar erkennbar war und wir auch nicht vorhatten eine Patientin über voraussichtlich mehr als einen Kilometer zu tragen. Gleichzeitig versuchten wir mit unserem Rettungswagen den zweiten vorhandenen Feldweg zu nutzen und möglicherweise so über eine andere Zufahrt zu der Patientin zu kommen. Leider mussten wir feststellen, dass solche Feldwege manchmal länger sind als vermutet und dass dieser Feldweg erst wieder nach fünf Kilometern am Feldberggipfel auf eine Strasse mündete.

Ganz ehrlich: Der Ausblick von ganz oben ist wunderschön und wir hätten ihn gerne genossen, aber es war ja noch immer eine Patientin zu suchen und zu versorgen. Wir fanden dann schlussendlich den Schotterweg, der vom Gipfel zum Ausflugslokal führte und entschlossen uns, den Weg so lange abzufahren, bis wir zu der verletzten Wanderin oder nicht mehr weiter kommen würden. Nach etwa fünfhundert Metern wurde der Schotterweg zu einem eingezäunten Trampelpfad, so dass wir notgedrungen das Fahrzeug stehen lassen mussten.

Glücklicherweise hatte der gerade eingetroffene Hubschrauber die Frau aus der Luft schon gesichtet und bereitete sich zur Landung vor, so dass Helibesatzung und wir etwa gleichzeitig bei der Frau, die sich das Sprunggelenk gebrochen hatte, eintrafen.

Nach der Versorgung vor Ort übernahm der Hubschrauber den Transport und uns verblieb das Problem, mit dem Auto wieder auf festen Boden zurückzukehren. Das war eindeutig leichter gesagt, als getan. Rückwärts fahren ging leider nicht, da unser Auto das nicht problemlos mitgemacht hätte. Blieb also nur noch wenden und Hoffen übrig.

Zum Glück für uns kamen ein paar freundliche Wanderer vorbei, die mit uns die Weidezäune soweit entfernten, dass wir zumindest ohne Probleme umdrehen konnten. Leider drehten aber dann die Räder auf dem losen Untergrund durch und die ganze Mannschaft durfte schieben. Ein weiteres Mal anhalten schied danach aber aus, weil der Rettungswagen dann unweigerlich wieder festgesessen wäre. Somit blieb meinem Kollegen nur noch übrig, hinter dem Rettungswagen in der Staubwolke herzujoggen, bis wir wieder festen Boden unter den Rädern hatten.

Fernsehen bildet

Das Fernsehserien wie „Notruf" gewisse Auswirkungen auf das Verhalten im Rettungsdienst haben, lässt sich ohne Probleme erahnen.

Unlängst durften wir live miterleben, wie sich die Besatzung des Rettungshubschraubers bei der Leitstelle meldete mit dem Funkspruch: „Medicopter 117 im Landeanflug. Die Polizei gibt uns Feuerschutz."

Das ist eben Reality-TV live.

Selbst ist der Zahnarzt

Wenn die Leitstelle anruft um einen Auftrag durchzugeben, anstatt den Piepser auszulösen, bedeutet das in der Regel einen „Spezialauftrag" bei dem der Disponent noch einige Zusatzinformationen hat, die er nicht über Funk rausgeben will oder kann.

So auch in diesem Fall. Wir sollten eine psychisch auffällige Patientin in das zuständige psychiatrische Landeskrankenhaus bringen. Der hausärztliche Notdienst meinte, dass bei der aggressiven Patientin Vorsicht geboten sei und bestellte deshalb den diensthabenden Notarzt gleich für die Transportbegleitung mit dazu. Auf meine Frage, weshalb dann nicht gleich die Polizei mitgeschickt würde, meinte der Disponent, dass wir das seiner Ansicht nach auch ohne weitere Hilfe schaffen würden.

Also fuhren wir mit einem überglücklichen Notarzt zu dem Pflegeheim um uns das Ganze mal näher anzuschauen. Wie erwartet war der einweisende Arzt natürlich nicht mehr vor Ort, hatte aber wenigstens die Einweisungspapiere ausgestellt und die Aufnahme der Patientin bereits mit dem Zielkrankenhaus abgeklärt.

Der Pfleger auf der Station wies und darauf hin, dass die Patientin bereits ein Medikament vom Hausarzt bekommen hatte mit dem Ergebnis, dass die Patientin dem Arzt erst einmal eine schallende Ohrfeige verpasst hatte. Ausserdem sollten wir uns nicht wundern. Die Patientin laufe splitterfasernackt in ihrem Zimmer herum und sei gerade dabei es äusserst radikal umzudekorieren.

Als uns der Pfleger die Türe zum Zimmer aufschloss erwartete uns dann doch etwas, was wir alle so noch nicht gesehen hatten: Offensichtlich hatte die Patientin in den letzten paar Minuten ein zahnmedizinischen Intensivstudium abgeschlossen und dann im Eigenversuch begonnen, sich mit der bloßen Hand die Schneidezähne zu ziehen und sie uns als Willkommensgruß entgegen zu spucken. Irgendwie wollte sie so ganz und gar nicht einsehen, dass sie jetzt wieder ins Krankenhaus gebracht werden sollte.

Folglich machten wir wieder eiligst die Türe zu und forderten die Herren in den grün-weißen Autos nach um die Patientin etwas gefügiger für den Transport zu machen, was auch mit Hilfe von Handgelenksschmuck aus poliertem Edelstahl problemlos möglich war.

Einzig die Beamten mussten noch ausknobeln, wer uns in den nächsten zweieinhalb Stunden mit seiner werten Anwesenheit beehren durfte.

Die Maiwanderung

Manchen Klischees sind halt doch nur schwer beizukommen, egal wie sehr man sie bekämpft. Wie wurden mit dem Notarzt in das Feuerwehrgerätehaus eines Nachbarortes gerufen. Ein Mann sei dort gestürzt und könne sich jetzt nicht mehr bewegen. Als wir an der Einsatzstelle ankamen, war bereits die Besatzung eines Krankenwagens mit der Erstversorgung beschäftigt.

Der Patient klagte über Schmerzen im Bereich der Brustwirbelsäule, hatte aber zum Glück keine Gefühlsstörungen in den Beinen. Soweit war eigentlich alles ein ganz normaler Einsatz, bis wir mitbekamen, wie die Verletzung zustande gekommen war: Der gute Mann war aktiver Angehöriger der örtlichen Feuerwehr, die an diesem ersten Mai mit Angehörigen einer befreundeten Berufsfeuerwehr aus der Schweiz eine traditionelle Maiwanderung gemacht hatte. Traditionell heisst in diesem Zusammenhang durchaus auch mit Alkoholgenuss.

Am frühen Abend wollten alle zusammen am Gerätehaus noch in gemütlicher Runde grillen. Einige Mitglieder der befreundeten Wehr wollten sich noch die vorhandenen Einsatzfahrzeuge ansehen und wurden dabei von den Eingeborenen begleitet. Unser Patient stand dabei auf dem Dach des Löschfahrzeugs, wollte etwas erklären und stürzte dabei in seinem angeheiterten Zustand rücklings vom Dach eben jenes Löschfahrzeugs. Dabei hatte er noch unglaubliches Glück: Bei dem Sturz aus über drei Metern Höhe auf den Rücken hatte er sich nicht ernstlich verletzt, wie bei der anschliessenden Untersuchung im Krankenhaus herauskam. Wie schon gesagt: Manche Klischees halten sich schon sehr hartnäckig.

Rekordtempo

Laut Straßenverkehrsordnung haben Verkehrsteilnehmer sofort freie Bahn zu schaffen, wenn sich ein Einsatzfahrzeug mit eingeschaltetem Blaulicht und Martinshorn nähert. Sinn dieser Regelung ist es, dem erwähnten Einsatzfahrzeug ein möglichst schnelles Vorankommen zu ermöglichen. Prinzipiell erhofft man sich damit schneller beim Patienten zu sein um frühestmöglich Hilfe leisten zu können. In manchen Fällen kann dies aber auch ein Trugschluss sein.

Im Rahmen eines Tagdienstes auf dem Krankenwagen kamen wir zufällig an einem Verkehrsunfall vorbei, bei dem ein Fahrradfahrer schwer verletzt wurde. Wir nahmen also nach einer ersten Sichtung per Funk Kontakt mit der Leitstelle auf und forderten einen Rettungswagen nach, da die zur Versorgung notwendige Ausrüstung leider auf dem Krankenwagen nicht vorhanden war.

Wie uns die Leitstelle daraufhin mitteilte, waren alle verfügbaren Fahrzeuge bei Einsätzen gebunden. Es war aber noch unser Ersatzrettungswagen auf der Wache und dieser sollte jetzt von einem der Disponenten schnellstmöglich vor Ort gebracht werden. Im Anbetracht der Tatsache, dass die Rettungswache nicht einmal eineinhalb

Kilometer von der Einsatzstelle entfernt war, erschien uns das ein gangbarer Weg. Wir versorgten daher den Verletzten so weit wie uns das mit dem vorhandenen Material möglich war und warteten auf den RTW. Und warteten und warteten. Endlich erblickten wir das Fahrzeug in etwas fünfhundert Meter Entfernung mit eingeschaltetem Blaulicht langsam auf uns zurollen. Langsam soll hier auch wirklich langsam bedeuten, denn der Rettungswagen wurde auf dem letzten halben Kilometer mehrfach wegen seines irrsinnigen Tempos von normalen Verkehrsteilnehmern überholt. Der Kollege, der uns das Auto gebracht hat, benötigte neuneinhalb Minuten für die kurze Strecke.

Böse Zungen behaupten bis heute, dass dieser Kollege das Blaulicht nur angemacht hatte, um das rollende Verkehrshindernis, das der RTW bei diesem Tempo war, gegenüber dem normalen Verkehr abzusichern.

Die rote Gefahr

Glück und Pech können manchmal sehr nahe beieinander liegen. Teilweise hängt es nur an einer einzigen Trennscheibe, die sich zwischen Fahrer- und Patientenraum befindet.

Der Transport galt einer etwa fünfzigjährigen Dame, die vom Hausarzt in die Psychiatrie eingewiesen wurde. Da die Frau sich auch freiwillig mit der Behandlung einverstanden erklärt hatte, gingen mein Kollege und ich davon aus, dass eigentlich keine großen Schwierigkeiten zu erwarten wären.

Unsere Patientin wartete an der angegebenen Adresse bereits vor dem Haus auf uns. Sie war auch definitiv nicht zu übersehen mit ihrem roten Lederrock, roten Top, roten Lackstiefeln und roten Regenmantel. Rotkäppchen wäre bei dem Anblick sicher neidisch geworden. Kurz nachdem sie eingestiegen war, versuchte sie auch schon meinen Kollegen von ihrer Sprachgewandtheit zu überzeugen. Nach eigener Aussage konnte sie drei Sprachen fließend: Deutsch, Italienisch und Pervers. Letzteres hatten weder mein Kollege noch ich bisher als eigenständige Sprache kennen gelernt, aber auf dieser Fahrt wurden wir dann doch eines Besseren belehrt. Um das Ganze noch zu unterstreichen betonte sie mehrfach, dass sie heute ganz in Rot gekleidet wäre. Das hiess, dass man sie heute von Vorne und Hinten nehmen konnte. Tja, möglicherweise konnte man das, aber wir konnten uns im Gegenzug beim besten Willen niemanden vorstellen, der das wirklich wollte, uns eingeschlossen.

Als unser werter Fahrgast dann auf der Fahrt langsam feststellte, dass keiner von uns an ihr interessiert war, wollte sie die Aufmerksamkeit in anderer Weise auf sich lenken. Sie griff nach der Sprühflasche mit der Handdesinfektion und sprühte sämtliche Fenster im Patientenraum des KTW damit ein. Der Verzweiflung inzwischen sehr nahe, hatte mein Kollege die rettende Idee: Er gab unserer begabten Entertainerin einen Kopfkissenbezug unserer Ersatzwäsche und meinte nur trocken, dass sie jetzt auch die Fenster putzen könnte, wenn sie diese schon eingesprüht hatte. Damit waren zwei Fliegen mit einer Klappe geschlagen: Unsere Patientin war bis um Ende der Fahrt beschäftigt und wir hatten die saubersten Fenster seit langer Zeit.

Rutschpartie

Uns wurde nur mitgeteilt, dass es sich um einen schweren Verkehrsunfall auf einer Bundesstraße handelte. Da wir bei der Alarmierung noch am Krankenhaus standen, setzte sich mein Kollege and Steuer und ich richtete auf der Anfahrt noch den Patientenraum fertig, so dass unsere Notärztin ebenfalls vorne sitzen konnte.
An der Einsatzstelle angekommen hielt mein Kollege neben einem ebenfalls gerade erst angekommenen Feuerwehrfahrzeug an. Ich machte die hintere Schiebetüre auf, stieg aus und stand ... mitten in einer riesigen Öllache. Mein Kollege hatte freundlicherweise genau auf der Stelle das Auto abgestellt, auf der sich die ausgelaufenen Betriebsstoffe wie Öl, Kühlwasser u.s.w. verteilten.
Wir machten uns dann an die Versorgung des noch eingeklemmten Fahrers. Als die Feuerwehr dann soweit war mit Hilfe des hydraulischen Rettungssatzes den Fahrer aus den Resten seines Autos zu befreien, bat mich ein weiterer Feuerwehrmann, ob ich doch bitte unseren Rettungswagen ein Stückchen zurückfahren könne, damit er den Rest des Öls noch abstreuen könnte. Von meiner Warte aus war das möglich, also ging ich zur Fahrertüre unseres RTW und versuchte einzusteigen. Es blieb in diesem Moment auch beim Versuch, da ich, dank des Öls auf meinen Schuhsohlen schon von der ersten Stufe abrutschte und dabei grosse Mühe hatte mich nicht in die

123

Öllache zu legen. Mit einigen Problemen konnte ich dann aber doch einsteigen und brauchte auch nur noch fünf Versuche, das Kupplungspedal durchzutreten, da ich auch dort ständig abrutschte.

Da wir weiterhin aber für die vollständige Versorgung unseres Patienten noch einige Materialien aus dem Rettungswagen benötigten, schmierte sich langsam aber sicher auch der Fußboden im Patientenraum mit einem durchgehenden Ölfilm zu, so dass wir uns eigentlich nur noch in das Fahrzeug stellen mussten und dann vollautomatisch zum Materialschrank zu rutschten. Vielleicht hätten wir die Feuerwehr fragen sollen, ob sie den Innenraum des Rettungswagens auch noch abstreuen würden, aber andererseits waren unsere Eiskunstlaufversuche auch nicht von schlechten Eltern.

Ursache des Ölfeldes

Immerhin konnten wir nach Ende des Einsatzes unserer Leitstelle eine unvorhergesehene Freude machen und den RTW wegen der dringend notwendigen Reinigungsarbeiten für gut zwei Stunden abmelden.

Diskretion

Unser Landkreis ist recht ländlich geprägt. Wie ländlich er aber wirklich ist, durfte ich erst bei einem Einsatz gegen Ende meines Zivildienstes kennen lernen. Wir wurden wegen Verdacht auf Herzinfarkt bei einer reiferen Dame in ein Naherholungsgebiet gerufen. Der Notarztdienst wird in diesem Gebiet von niedergelassenen Ärzten wahrgenommen. Die Anfahrt zum Einsatzort erfolgte mit dem örtlichen Rettungspanzer der Wache. Dies war eine Rettungswagen-Spezialanfertigung: Ein VW LT Aufbau auf Unimog Chassis. Davon gab es deutschlandweit nur vier Exemplare. Dieses Auto führte ab Tempo achtzig ein derartiges Eigenleben, so dass man beide Fahrspuren der Landstraße brauchte um es auf Kurs zu halten. Das einzig halbwegs Angenehme an dem Fahrzeug war der luftgefederte Fahrersitz, der einen bei Bodenwellen knapp unter das Dach katapultierte.
Nachdem wir trotz dieses Rettungswagens wohlbehalten am Einsatzort ankamen widmeten wir uns der Versorgung unserer Patientin, als plötzlich ein stämmiger Mann auf uns zukam: Das Hemd offen bis zum Bauchnabel, Goldkettchen und einen langen, verfilzten Bart. Er machte auf mich so in etwa den Eindruck

eines Almöhis nach Berufswechsel ins Rotlichtmilieu. Jedenfalls machte mich mein Kollege darauf aufmerksam, dass diese vertrauenserweckende Gestalt der zuständige Arzt sei.
Also versorgten wir jetzt zu dritt die Patientin im Auto. Kurz darauf meinte diese, dass sie dringen auf die Toilette müsse. Sie könne sich auch nicht mehr bis ins Krankenhaus zurückhalten. Gefahr erkannt, Gefahr gebannt: Mein Kollege nahm kurzentschlossen eine Nierenschale, schob sie der Patientin zwischen die Beine und meinte seelenruhig: „Lassen Sie es ruhig laufen. Ich schau auch nicht hin".
Mein einziger Gedanke bis zum Schluss der Schicht war nur noch: „HILFE!!! Ich will hier raus!!!"

Es lebt

Der gerade angesprochen Rettungspanzer war auch noch für eine weitere Geschichte gut, die allerdings zu seinem vorzeitigen und von uns nicht wirklich bedauerten Abschied aus dem Rettungsdienst führte.
Im Rahmen des Fahrzeugchecks wird unter anderem auch der Tankinhalt überprüft. Da die Tankanzeige in diesem Auto immer eine gewisse Zeit brauchte, bis sie die effektive Füllmenge anzeigte, stellte der diensthabende Kollege die Zündung an und ging in der Garage vor dem Fahrzeug durch auf die Beifahrerseite. In diesem Moment sprang der Motor ohne weitere Hilfe eigenständig an und der Rettungswagen versuchte durch das geschlossene Garagentor ins Freie zu

entkommen. Da aber niemand am Steuer saß um diesem Versuch mit einem Druck auf das Gaspedal Nachdruck zu verleihen, scheiterte dieser Fluchtversuch kläglich am Stahlrahmen des Garagentores.

Allerdings wölbte sich dieses jetzt gut fünfzig Zentimeter nach Außen vor und ließ sich auch nur noch mit Mühe öffnen. Komischerweise glaubte niemand dem Kollegen, dass das Auto von alleine angesprungen war. Jeder meinte, er müsse den Zündschlüssel zu weit umgedreht haben, aber zur Ehrenrettung des Kollegen muss festgehalten werden, dass der Rettungswagen seit dem Vorfall wirklich jedes Mal mit etwas zeitlicher Verzögerung ansprang, wenn der Zündschlüssel nur normal auf die erste Rastposition gedreht wurde.

Die Auferstehung

Es gibt Einsatzmeldungen, die glaubt man selbst nach sechzehn Jahren Berufspraxis nicht ohne Rückfrage.
Unsere Meldung lautete: Sturz ins Grab auf dem örtlichen Friedhof. Wie gesagt, ohne Rückfrage glaubten wir auch diese Meldung nicht, aber es stellte sich dann doch als ernst gemeinter Einsatz heraus.
Folgendes hatte sich zugetragen: Bei einer Beerdigung mit einer für unseren Ort großen Trauergemeinde (ca. 100 Personen) wollten die Sargträger den Sarg des Verstorbenen mit Hilfe zweier Seile in das Grab herablassen, als einer der Sargträger mit dem Fuß abrutschte und mitsamt dem Sarg knapp zwei Meter ins offene Grab stürzte. Der Sarg stand daraufhin

senkrecht im Grab und drohte noch auf den unglücklichen Helfer herabzustürzen. Dies konnte jedoch dank dem schnellen Eingreifen der Umstehenden verhindert und unser Patient aus der unangenehmen Lage wieder an die Oberfläche gebracht werden. Uns blieb dann noch, den Mann nach eingehender Untersuchung vor Ort durch den Notarzt mit einem Achillessehnenriss ins Krankenhaus zu bringen.

Dennoch dürfte jedem der Beteiligten – bis auf einen, verständlicherweise – diese Beerdigung unvergesslich bleiben.

Ins kalte Wasser geworfen

Meine erste Reanimation werde ich immer in bleibender Erinnerung behalten:
Wir kamen an der beschriebenen Adresse, einem Bauernhaus, an und wurden von einem aufgeregten Angehörigen in Empfang genommen. Mit voller Ausrüstung bepackt, das heisst Notfallkoffer, EGK, Absaugung, Sauerstoff schleppten wir uns in die Wohnung als uns auf der Treppe ein örtliches Original entgegenkam: Die Hausärztin, die bereits seit über dreißig Jahren ihre Praxis in dem Dorf betrieb.
Was sie uns allerdings zu sagen hatte, traf mich etwas unvorbereitet: „Probieren Sie mal, ich kann keine Herztöne mehr hören" und hielt uns dabei ihr Stethoskop entgegen. Also beeilten wir uns noch mehr um zu unserem Patienten zu kommen, der im Schlafzimmer auf dem Bett lag. Mein Kollege griff sich den Defibrillator und machte eine Schnellableitung mit den Paddels. Als auf dem Gerät nur ein Herzkammerflimmern

angezeigt wurde, stellte er nach einem kurzen Blick zur Ärztin, ohne viel zu sagen zweihundert Joule am Defibrillator ein und drückte ab. Reaktion am Monitor: weiterhin Herzkammerflimmern. Daraufhin drehte er sich zu mir um, drückte mir die Paddels in die Hand, stellte am Gerät dreihundertzwanzig Joule ein und meinte lapidar: „Probier du auch mal".

Als die Ärztin und mein Kollege sich nach den erfolglosen Bemühungen noch im Zimmer laut vor den Angehörigen darüber unterhielten ob die ganze Aktion jetzt noch ein Rettungswagen- oder ein Krankenwagenattest für die Abrechung geben sollte, machte ich mir ernsthafte Gedanken über meine weitere Zukunft in diesem Job.

Ersthelfer

Gerade bei Einsätzen in Orten die etwas entfernt sind von der jeweiligen Rettungswache bietet es sich bei Notfällen an ortsansässige Ersthelfer zu alarmieren, damit die Anfahrtszeit des Fahrzeugs sinnvoll überbrückt werden kann. Die Patientin, zu der wir gerufen wurden sollte nach Einsatzmeldung gestürzt sein und sich dabei am Kopf eine grosse Platzwunde zugezogen haben. Der Einsatzort lag etwas mehr als zehn Minuten Fahrzeit von unserer Wache entfernt.

Bei unserer Ankunft wurden wir von einem Angehörigen um das Haus herum und in die großzügige Souterrainwohnung zu der älteren Dame geführt. Außer der Dame waren noch zehn weitere Personen im Raum anwesend. Die eingehende Untersuchung führte zu der

Diagnose Kopfplatzwunde und Gehirnerschütterung, was angesichts des geschilderten Unfallablaufs glimpflich war. Wie uns erzählt wurde war die leicht gehbehinderte Frau im ersten Stock zur Treppe unterwegs, kam ins Straucheln und hielt sich am erstbesten Gegenstand fest, der in direkter Griffweite war: Der am oberen Ende der Treppe stehende Kühlschrank.

Der Kühlschrank konnte sich der herzhaften Aufforderung zur Hilfe nicht entziehen und stürzte mit unserer Patientin die Treppe hinab und blieb auf ihr liegen, bis die Familienangehörigen, die den Lärm gehört hatten, Kühlschrank und Frau trennten. Als wir dann die Patientin soweit versorgt und auf unserer Trage gelagert hatten fragte einer der bis jetzt unauffällig im Raum stand, ob er denn jetzt noch benötigt werde. Auf meine etwas verwunderte Frage, wer er denn sei, teilte er voller Stolz mit, dass er der von der Leitstelle alarmierte Ersthelfer sei.

Interessant dass die Leitstelle jetzt schon untätig herumstehende Schaulustige zu Einsatzstellen schickt, aber möglicherweise sind dies ja zukünftige Mitarbeiter im Rettungsdienst, die erst einmal als privilegierte Zuschauer Erfahrung sammeln sollen, wer weiss?

Kleine Änderung im Plan

Zu den weniger gern gemachten Diensten gehörte der Nachtdienst auf dem Krankenwagen in einer kleinen Außenwache. Etwa eine Stunde nach Dienstantritt rief und der diensthabende

Disponent an und gab uns einen Fahrtauftrag von einer etwas entfernteren Kurklinik in das städtische Krankenhaus unserer Kreisstadt. Ein bisschen widerwillig machten wir uns auf die einstündige Anfahrt zu der Kurklinik um dort unseren Patienten zu übernehmen. Der Patient und dessen Angehörige warteten bereits sehnsüchtig auf uns. Die Übernahme war auch schnell gemacht und die Angehörigen wollten hinter uns im eigenen Auto herfahren.

Schon kurz nach dem wir uns mit Patient belegt gemeldet hatten, fing unser Krankenwagen an tempoabhängig zu quietschen. Wir machten uns aber noch keine Sorgen, da Quietschen an diesem Fahrzeug nichts wirklich Ungewöhnliches und schon gar nichts Beunruhigendes war, außerdem änderte sich nichts am Fahrverhalten.

Nachdem wir etwa die Hälfte der Strecke auf der Autobahn zurückgelegt hatten, gab es vorne einen Schlag und das Auto fing an stark zu vibrieren, so dass ich sofort auf den gerade auftauchenden Parkplatz abbog. Jetzt aber hatte sich das Fahrverhalten insofern geändert, dass wir fast keine Bremswirkung mehr hatten und fast die ganze Parkplatzlänge zum Anhalten brauchten. Beim Öffnen der Türe stieg ein kleines, gar lustiges Rauchwölkchen von der Felge empor uns kräuselte sich im lauen Frühlingswind. Die Romantik dieser Szene wurde dann jäh von den Patientenangehörigen unterbrochen, die neben uns anhielten und uns mitteilen wollten, dass wir auf der Autobahn Funken gesprüht hatten.

Offenbar war ein Radlager den Weg alles Irdischen gegangen und ausgeglüht. So entschlossen wir uns also gemeinsam an diesem idyllischen Ort zu verweilen um auf das angeforderte Ersatzfahrzeug zu warten, welches den Transport zu Ende führen würde.

Die nicht gerade hocherfreuten Kollegen kamen eine Viertelstunde später und übernahmen unseren Patienten, während wir auf den angeforderten Abschleppdienst warten durften. Dieser kam dann auch schon eine ganze Stunde später, so dass es uns derweil vergönnt war die herrliche Atmosphäre eines Autobahnparkplatzes während eines kurzen, aber umso heftigeren Platzregens zu geniessen. Mein Kollege wollte sich vor Langeweile schon den Notfallkoffer schnappen und versuchen als Anhalter wieder nach Hause zu kommen.

Allerdings sollte erwähnt werden, dass der erhabene Anblick unseres KTW auf der Ladefläche des Abschleppers uns für einiges entschädigte.

Der zündende Funke

Verletzter Patient nach Schlägerei. Dies ist eine Meldung, die insbesondere zu vorgerückter Stunde bei Dorffesten gang und gäbe ist. Die Leitstelle gab uns abschließend noch mit, dass wir mit Blaulicht und Martinshorn anfahren sollten.

Wie es der Zufall so will, ist der Notfall natürlich genau inmitten des Festes, so dass wir gezwungen waren mit unserer hausgemachten Unterhaltungsmusik Marke „Presslufthorn" mitten durch die Menschenmenge zu fahren.

Am Einsatzort angekommen wollten wir das Horn abschalten aber wie das Leben so spielt, wollte das Horn nicht so wie wir. Es trötete also fröhlich weiter vor sich hin. Mein Kollege erfasste die sich abzeichnende Peinlichkeit als erster, stieg aus dem Rettungswagen, griff sich den Notfallkoffer und machte sich auf die Suche nach unserem Patienten. Das Ergebnis war, dass ich alleine im Auto zurückblieb und damit die Ehre hatte, die Lärmbelästigung zu beseitigen.

Dass die alkoholisierte Menschenmenge vor dem Rettungswagen selbstverständlich überaus freudig auf die ungewollte Beschallung reagierte, sei hier nur am Rande erwähnt. Ich schaltete also als erstes den Zentralschalter für das Signal ab, leider ohne nennenswertes Ergebnis. Das Abstellen der Zündung brachte zumindest den Erfolg, dass jetzt zwar das Blaulicht aus war, das liebliche „Tatü Tata" aber weiter erklang. Was könnte jetzt noch Helfen? Richtig: Die Sicherungen! Ich machte also den Deckel des Sicherungsfachs auf und entdeckte ein Sylvesterfeuerwerk im Miniformat. Im Sicherungskasten sprühte es Funken und rauchte, dass es eine wahre Freude war. Da mein Lebenserhaltungtrieb aber so stark ausgeprägt war, dass ein Griff in dieses Chaos für mich nicht in Frage kam, gab es nur noch eine naheliegende Lösung. Ein paar gezielte Fußtritte ließen endlich die erhoffte Ruhe einkehren. Dass nebenbei noch das Fahrlicht, der Funk und diverse andere Kleinigkeiten nicht mehr funktionierten ist kaum der Erwähnung wert.

Immerhin lief aber der Motor noch, so dass wir wieder zur Wache zurückkamen.

Ach ja, dem gemeldeten Patienten ging es so gut, dass er keiner Hilfe bedurfte und das Ganze in einer Fehlfahrt mit leicht erhöhten Unkosten für uns resultierte.

Hot Pants

Die Summe aus einer Nachtschicht, nichts zu tun, zwei guten Freunden und jeder Menge Blödsinn im Hirn ergibt eine der skurrilsten Rettungsdienstgeschichten, die ich kenne. Gegen halb eins in dieser Aprilnacht entschlossen wir uns in Bett zu gehen. Mein Kollege, zu dieser Zeit noch als Zivildienstleistender beschäftigt, hatte noch seine Unterhose und ein T-Shirt an, ich trug zusätzlich noch meine Socken und ein Sweatshirt anstelle eine T-Shirts. Durch den ganzen Blödsinn, den wir schon den ganzen Abend durch gemacht hatten, griff ich mir in einem weiteren Anfall von Blödsinn den einen Schuh des Kollegen und schmiss ihn vor die Wache. Logischerweise war mein Zivi angesichts nur noch eines vorhandenen Schuhs etwas weniger erfreut als ich und drohte mir, auch einen meiner Schuhe rauszuschmeissen, wenn ich seinen Schuh nicht wieder zurückholen würde. Wenn ich aber etwas mache, dann bin ich auch konsequent. Also holte ich den Schuh nicht, was zur Folge hatte, dass die latente Drohung Wirklichkeit wurde und auch mein Schuh vor der Wache Frischluft atmen durfte. Danach kamen die üblichen Aufforderungen an den Gegenüber den jeweiligen Schuh gefälligst wieder reinzuholen. Diese Diskussion fand ein Ende, als mein, mir körperlich deutlich überlegener Kollege mich vor die Türe trug um seiner Forderung mehr Nachdruck zu verleihen.

Leider hat die Rettungswache aber ein Türe, die automatisch wieder schließt, was sie zu unserem Leidwesen auch diesmal konsequent tat. Wir standen also in Unterwäsche und mit je einem Schuh vor der Wache und konnten nicht mehr rein, da keiner in seiner Unterwäsche einen Wachenschlüssel hatte. Wie also wieder in die Wache kommen?

Einer von uns beiden musste notgedrungen in den sauren Apfel beißen und auf der Leitstelle anrufen um unsere peinliche Situation zu erklären. Kleine Frage zwischendurch: Was könnte die Situation jetzt noch schlimmer machen? Nein, es fing nicht an zu regnen, aber das Alarmtelefon begann auf der Wache zu klingeln, da die Leitstelle just in diesem Moment eine Fahrt für uns hatte. Irgendwie waren wir zu dem Zeitpunkt aber leider aus bekannten Gründen etwas indisponiert. Nachdem das Klingeln wieder aufgehört hatte beendete ich die Diskussion, wer jetzt die Leitstelle anruft mit dem Argument, dass ich ja noch länger in diesem Betrieb arbeiten müsste und mein Kollege bald wieder ausscheiden würde, da seine Zivildienstzeit auch in nicht allzu ferner Zukunft zu Ende gehen würde.

Etwa dreihundert Meter von der Wache entfernt stand eine Telefonzelle, die damals noch mit einem kostenlosen Schnellwahlhebel für Polizei- oder Feuerwehrnotruf ausgerüstet war. Allerdings traute sich mein Kollege nicht diesen zu benutzen.

Guter Rat war jetzt teuer, um es genau zu sagen, war er dreißig Pfennige für ein Telefonat teuer, die wir aber nicht hatten. Wo ein Wille ist, ist aber auch ein Weg, also entschloss sich mein Zivi in Unterhosen einen im Auto vorbeifahrenden Zöllner anzuhalten und anzupumpen. Dem aber schien die Situation absolut nicht geheuer und vorsichtig er öffnete nur kurz einen Fensterspalt um die dreißig Pfennige für das Telefongespräch rauszureichen. Nachdem die Leitstelle die Überraschung nach dem Anruf überwunden hatte, meinte der Disponent, dass er die Besatzung von der Nachbarwache schicken wolle um uns wieder den Zugang zu unserer eigenen Rettungswache zu ermöglichen. Leider aber waren gerade diese Kollegen unterwegs, weil sie die Fahrten übernehmen mussten, die wir aus nachvollziehbaren Gründen nicht durchführen konnten.

Das Resultat war ein weiterer nichtsahnender Kollege, der aus dem Bett geklingelt wurde um uns mit seinem Schlüssel die Türe aufzusperren. Und Piggeldy ging mit Frederick nach Hause.....

Fachwissen

Der Umgang mit medizinischen Gerätschaften, wie zum Beispiel Beatmungsgerät, Pulsoxymeter oder EKG, gehört für Rettungsdienstpersonal zum täglichen Geschäft und ist im Allgemeinen in Fleisch und Blut übergegangen. Aber keine Regel ist ohne Ausnahme.

Wir wurden zu einem schweren Verkehrsunfall auf einer Bundesstraße gerufen, bei dem zwei Insassen eingeklemmt waren. Während der eine Patient von der Feuerwehr befreit wurde, kümmerten wir uns um den zweiten Verunfallten, der ebenfalls noch hinter dem Steuer seines Fahrzeugs festsaß. Ein weiterer

Kollege brachte ein EKG, das wir an dem Patienten mit Mühe und Not anbringen konnten.

Schwerer Verkehrsunfall auf Bundesstraße

Da die Anzeige des EKG aber nicht in unserem Sichtbereich stand, fragten wir, was es denn anzeigen würde. Die Antwort unseres Kollegen lautete kurz, knapp und sehr prägnant: „Zacken".
Nun ja, Zacken zeigen die Geräte für gewöhnlich in der einen oder anderen Form immer an, ausser es ist eine Nulllinie bei Herzstillstand. Beruhigend war, dass unser Kollege gar nicht erst versucht hatte, diese Zacken einem bestimmten EKG-Bild zuzuordnen, damit sich jeder, der sich dafür interessierte, selbst ein unverfälschtes Bild vom Zustand des Patienten machen konnte.
Zugegeben: Die Aussage, dass es Abend sei und gerade anfange zu regnen, hatte als Antwort auf unsere Frage den selben

Informationsgehalt gehabt, aber es war doch schön, dass wir mal darüber geredet haben.

Das Glück dieser Erde...

... liegt auf dem Rücken der Pferde. So, oder so ähnlich heißt es im Sprichwort. Dass Pferde allerdings auch Probleme bereiten können, insbesondere, wenn sie aus einem Stall ausbrechen und auf eine vielbefahrene Straße laufen, zeigt die nachfolgende Geschichte:
Wir wurden parallel mit einem weiteren Rettungswagen zu einem schweren Verkehrsunfall gerufen. Der Fahrer eines Audi 80 befuhr die Bundesstraße und kollidierte dann mit einem von insgesamt drei entlaufenen Turnierpferden eines nahegelegenen Gestüts. Das Auto kam dabei von der Strasse ab und fuhr in den, zu diesem Zeitpunkt sehr viel Wasser führenden, Fluss. Der Fahrer konnte sich selbst nicht aus dem Fahrzeug befreien, so dass die örtliche Feuerwehr ebenfalls alarmiert worden war.
Als wir uns der Unfallstelle näherten, bemerkten wir, dass bereits ein Fahrzeug des THW vor Ort war. Zu unserer nicht gerade geringen Überraschung war aber der erste Kommentar der THW-Mannschaft: „Wir haben nichts dabei, wir können nichts machen"! Eine interessante Aussage, wenn man direkt neben einem großen Rüstfahrzeug steht. Wir fuhren daraufhin ans Ufer und sahen, dass bereits einige Ersthelfer im kalten Wasser standen und versuchten, den Fahrer mit dem Gesicht über dem Wasserspiegel zu halten, so dass dieser nicht ertrank.

Mein Kollege zögerte nicht und sprang ebenfalls ins Wasser, lief drei Schritte und kam dann wieder zu mir zurück um mir seinen Geldbeutel mit allen Papieren zu geben. Eigentlich hätte er ihn jetzt auch behalten können, denn jetzt war dieser samt Inhalt schon klitschnass. Nachdem er mir seinen Geldbeutel gegeben hatte, wollte er wieder zu dem Auto gehen, als die Warnung von einem der Ersthelfer kam, dass vor meinem Kollegen das Wasser gleich tief werden würde. Manchmal glaubt man aber nur das, was man auch selber sieht. Zumindest ging es meinem Kollegen so. Er stand auf festem Boden, die Helfer am Auto standen auf festem Boden, folglich konnte die Aussage nur falsch sein. Nach zwei weiteren Schritten kam dann die Überraschung: Der Fluss hatte and dieser Stelle einen Trog und mein Kollege ging kurzfristig auf Tauchstation um denselben Zustand wie sein Geldbeutel anzunehmen: von oben bis unten klitschnass.

Die jetzt ebenfalls eingetroffene Stützpunktfeuerwehr versuchte den Audi gegen das Absinken mit Hilfe einer Stahlwinde zu sichern und wollte sich dann an die Befreiung des Patienten machen. Leider mussten sie aber feststellen, dass die Leitungen vom Hydraulikaggregat zu Schere und Spreizer zu kurz waren um das Aggregat sicher an das Ufer stellen zu können. Ergebnis: Vier weitere Feuerwehrmänner durften ins Wasser steigen und während der Befreiungsaktion das nicht gerade leichte Aggregat über Wasser halten.

Inzwischen hatten die THW-ler offenbar festgestellt, dass sie doch etwas dabei hatten, nämlich einen Lichtmast. Also bauten sie den Lichtmast kurzentschlossen auf und leuchteten

aus. Interessanterweise leuchteten sie aber unseren Rettungswagen aus, anstatt der Unfallstelle. Anscheinend waren sie der Meinung, dass der Lichtmast der Feuerwehr für diese Aufgabe völlig ausreichte.
Gut, auch dies hatte gewisse Vorteile. Als ich nämlich unsere Trage für die Übernahme des Patienten vorbereiten wollte stieg ich in unseren RTW ein und erblickte zwei der jungen Ersthelferinnen, die sich im geheizten Patientenraum gerade ihrer nassen Kleidung entledigten um sich abzutrocknen. Dank des THW hatte ich mehr Licht um die sich bietende Szene entsprechend zu würdigen.

Makaber

Ich war gerade privat mit dem Auto unterwegs, als ich zu einem Verkehrsunfall dazukam. Ein kleiner Junge war von einem Auto angefahren worden.
Die anwesenden Passanten gaben an, dass Polizei und Rettungsdienst bereits verständigt worden sind. Die Kollegen trafen auch kurz darauf ein und wir versorgten den kleinen Patienten zu dritt im Fahrzeug weiter. Noch während wir mit der Versorgung beschäftigt waren und auf das Eintreffen des Rettungshubschraubers warteten, hörten wir sehr lautes und durchdringendes Reifenquietschen direkt vor uns. Als wir dann gemeinsam nach vorne durch das Fenster schauten, glaubten wir unseren Augen nicht zu trauen: Die Polizei hatte es tatsächlich fertiggebracht, mit dem Auto des Unfallverursachers (makabererweise ein

Leichenwagen) eine Bremsprobe genau auf unseren Rettungswagen hin zu machen. Netterweise konnten die Beamten das Fahrzeug tatsächlich schon einen ganzen Meter vor unserem Auto zum Stehen zu bringen, bevor die Aktion als heftiger Folgeunfall gewertet worden wäre.

Geburt mit Hindernissen

Im Normalfall ist eine gemeldete „beginnende Geburt" im Rettungsdienst nichts Ungewöhnliches. In der Regel ist ein Transport in die Zielklinik mit ausreichenden Zeitreserven problemlos möglich. Ausnahmen bestätigen aber auch hier die Regel.

Der Einsatzalarm kam mitten in der Nacht und wir sollten mit unserer Notärztin zu einer solchen „beginnenden Geburt" in ein Wohngebiet in der Innenstadt fahren. Unsere schwangere Patientin befand sich im obersten Stock des Hauses. Wo auch sonst? Allerdings konnte von einer beginnenden Geburt keine Rede mehr sein. Die Eröffnungsphase war schon lange vorbei und die Wehen kamen jetzt in Abständen von unter einer Minute.

Auf unsere Frage warum sie denn so lange gewartet habe mit dem Anruf auf der Leitstelle, gab sie an, dass sie noch unbedingt auf ihren Mann, der Nachtschicht hatte, warten wollte. Nach kurzer Absprache hofften wir, dass wir die Patientin wenigstens noch bis zu unserem Rettungswagen transportieren konnten um die unmittelbar bevorstehende Geburt nicht in der Wohnung durchführen zu müssen. Mein Kollege ging also nach unten, um den Wagen entsprechend vorzubereiten und den Tragestuhl nach oben zu bringen. Leider kam mein Kollege einfach nicht mehr rechtzeitig hoch, so dass innerhalb kürzester Zeit ein kleines, gesundes Mädchen im Wohnzimmer entbunden wurde. Soweit alles in Ordnung, aber jetzt stellt sich die Frage, wie bringen wir die Mutter nach unten, das Kind und sie ins Krankenhaus und wo zum Teufel blieb mein Kollege? Der Letztgenannte stand noch immer vor der Haustüre, die eine ältere Hausbewohnerin freundlicherweise in der Zeit, in der er den Rettungswagen herrichtete, nicht nur zugemacht, sondern vorsichtshalber abgeschlossen hatte. Man weiss ja nie, was bei einer offenen Haustüre alles passieren kann, wenn ein Rettungswagen mit laufendem Blaulicht davor steht. Da er aber jetzt zum Glück noch unten stand, durfte er uns jetzt den Babynotfallkoffer mit hochbringen, nachdem wir ihm den Hausschlüssel über den Balkon hinuntergeworfen hatten.

Außerdem entschlossen wir uns für das Baby unseren Baby-NAW mit Transportinkubator und zum Herabtransport der jungen Mutter die Feuerwehr nachzualarmieren. Soweit alles kein Problem, wenn nicht mitten in der Feuerwehrzufahrt ein Auto geparkt hätte. Nachdem die Floriansjünger dann über eine weitere Zufahrt mit leichten Platzproblemen den Weg doch noch gefunden hatten, gratulierten sie Mutter und Vater und schimpften wie die Rohrspatzen über den Falschparker. Jetzt erst bemerkte der frischgebackene Vater kleinlaut, dass es wohl sein Auto sei, was die Zufahrt versperre, da er auf den Anruf seiner Frau schnellstmöglich von der Nachtschicht nach

Hause gefahren sie und sich nicht mehr um irgendwelche Parkplätze gekümmert hatte. Wer rechnet bei einer Geburt auch schon damit, dass die Feuerwehr kommt?

Patientenmangel

Als Einsatzmeldung bekamen wir von der Leitstelle mitgeteilt, dass sich eine Person von einem nahegelegenen Aussichtsturm stürzen wolle. Das erste und damit auch naheliegendste Problem für uns war aber, dass zwar alle der Rettungswagenbesatzung, Rettungsassistent, Rettungssanitäter und Notarzt, den Turm kannten, aber keiner davon wusste, wie man denn bitte schön diesen Turm, der sich auf neunhundertfünfundfünfzig Metern über Meeresspiegel befindet, direkt anfahren kann. Folglich funkten wir mit der Bitte um eine Anfahrtsbeschreibung die Leitstelle an, die uns aber auch nur den gutgemeinten Ratschlag erteilte uns an die ebenfalls alarmiert Feuerwehr anzuhängen, denn diese würden anscheinend den Anfahrtsweg kennen. Eigentlich ein guter Gedanke, aber wie gesagt: nur eigentlich. Die Feuerwehr war zwar gleichzeitig alarmiert worden, aber weil die Mitglieder einer freiwilligen Feuerwehr erst zum Gerätehaus fahren müssen, logischerweise noch nicht ausgerückt. Also fragten wir uns im letzten Ort vor dem Turm bei Einwohnern durch.
Nach zwei Kilometern Waldweg kamen wir dann schlussendlich an dem Aussichtsturm an und durften feststellen, dass die Polizei

glücklicherweise schon vor Ort war. Was uns dann allerdings in leichtes Erstaunen versetzte war die Aussage der Beamten, dass die junge Frau, die den Selbstmord angekündigt hatte, noch nicht am Turm angekommen sei. Sie müsse wohl noch auf dem Weg zum Turm sein, aber das würde gerade noch über eine andere Streife abgeklärt.

Während die Beamten und wir also auf die Feuerwehr und die eigentliche Hauptperson des Tages warteten erfuhren wir, dass auch die Polizisten nicht die geringste Ahnung gehabt hatten, wie sie die Einsatzstelle eigentlich erreichen sollten und sich ebenfalls durchgefragt hatten. Ortskenntnis ist halt doch alles in diesem Beruf. Zu diesem Zeitpunkt traf dann auch die Feuerwehr mit einem kompletten Löschzug und zweiundzwanzig Personen ein. Das einzige was jetzt noch fehlte war, Sie werden es erraten: Unsere Turmspringerin.

In die anschliessende Einsatzbesprechung vor Ort platzte dann die Meldung, dass es sich unsere potentielle Patientin augenscheinlich anders überlegt habe und sie wieder nach Hause zurückgekehrt sei. Dies sollte aber noch über die Polizei abgeklärt werden, was aber mit dem kleinen Hindernis verbunden war, dass die Streife, die dies eigentlich abklären sollte das vorderste Fahrzeug in der Schlange der Einsatzfahrzeuge auf dem engen Waldweg war und somit diesen Einsatzauftrag nicht ausführen konnte. Also musste eine andere Streife die Wohnadresse anfahren und wir warteten in der Zwischenzeit mit insgesamt siebenundzwanzig Einsatzkräften am Grillplatz vor dem Aussichtsturm auf die entsprechende Rückmeldung.

Zum Leidwesen aller Beteiligten war aber kein Grillgut und keine Getränke vorhanden um uns die Wartezeit produktiv zu verkürzen. Schade eigentlich, es war eine lustige Runde.

Nur der Kommandant der Feuerwehr hatte plötzlich einen sadistischen Einfall, als er seinen Leuten den Vorschlag machte, sie könnten ja jetzt alle Atemschutz anlegen und den Turm zu Übungszwecken erklimmen. Als kleine Randbemerkung sollte noch erwähnt werden, dass es zu diesem Zeitpunkt über 30°C warm war. Hätte er diesen Gedanken ernsthaft weiter verfolgt, wäre er wohl als Grillgut auf dem Grill gelandet.

Nach etwa einer halben Stunde Wartezeit, die wir mit äusserst konstruktiven Lästereien untereinander und einer, leider erfolglosen, Jagd nach einem Wildhasen bestritten, kam dann die Meldung, dass die Einsatzbereitschaft aufgelöst werden könne und wir fuhren wieder auf die Wache zurück.

Das Protokoll unseres Notarztes sollte aber nicht unerwähnt bleiben. Es lautete im Original: „Patientin drohte mit Suizid durch Sprung von Aussichtsturm (30m) bei 955m ü.M. => Δh = 985m. Alarmierung komplette Rettungskette (Polizei + Rettungsdienst + Feuerwehr (Löschzug). Bei Eintreffen Notarzt ist Patientin noch nicht da! Nach ausführlicher Lagebesprechung Rettungskette Rückfahrt nach gründlichem Absuchen des potenziellen Sprungturmes. Rückfahrt mangels Patient, Essen & Trinken."

Rettung mit Feingefühl

Ein kleiner Junge hatte sich mit zwei Fingern in den Rührbesen des Handmixers verfangen und sass fest. Als wir ankamen waren die Finger so angeschwollen und die Rührbesen so verbogen, dass ein einfaches Herausziehen der Hand nicht mehr möglich war. Die für mich naheliegendste Lösung bestand darin, einfach mit einem Saitenschneider die Drähte zu durchtrennen und den Jungen so zu befreien. Leider schrie der inzwischen verängstigte kleine Patient augenblicklich, wenn man sich mit dem, von den Nachbarn ausgeliehenen, Saitenschneider seinen Händen auch nur näherte.

Daraufhin bestand mein Kollege auf seiner Idee, dass wir für die Befreiungsaktion doch vorsichtshalber technische Hilfe anfordern sollten. Gesagt, getan: Die Feuerwehr rückte an und enterte mit dem hydraulischen Rettungssatz die Küche. Nun ist es so, dass dieser Rettungssatz mit seinen dreissig Kilogramm Lebendgewicht nicht gerade ein Werkzeug aus der Feinmechanik ist, sondern eher für das grobe Zerlegen von Autos entwickelt wurde. Auch die Feuerwehrangehörigen merkten recht schnell, dass mit ihrem großen Werkzeug dem kleinen Haushaltsgerät nicht so recht beizukommen war und entschied sich nach fachmännischer Beurteilung der Gesamtlage für eine Rettung des Jungen per, man glaubt es kaum, Saitenschneider. Es machte ein paar Mal Klick und die Finger waren befreit. Manchmal lohnt es sich eben wirklich Profis ans Werk zu lassen.

Farbenspiel

Der Alarm galt einem Motorradfahrer, der sich bei einem Zusammenstoss mit einem Auto schwere Verletzungen zugezogen hatte. Nach dem Aufprall wurde er über den PKW und einen kleinen Abhang in eine Wiese geschleudert. Er erlitt dabei mehrere offene Brüche, in einem Fall fehlte sogar ein Stück des Knochens.

Da, wie üblich wenn man ihn braucht, der Rettungshubschrauber nicht verfügbar war, entschied unser Notarzt, dass wir den Patienten zuerst im Rettungswagen stabilisieren und dann ins nächstgelegene Krankenhaus fahren sollten. Währen wir uns also im Fahrzeug um den Motorradfahrer bemühten, klopfte es plötzlich an der Seitentüre. Einer der anwesenden Passanten wollte uns nur mitteilen, dass hinten aus unserem Rettungswagen Blut heraustropfe. Als wenn wir das nicht schon selbst gemerkt hätten. Offene Verletzungen bluten halt und wenn sie mit Kochsalzlösung vom Dreck gereinigt werden, multipliziert sich die rote Flüssigkeit notgedrungen. Nachdem unser Passant diese Erklärung dann freundlicherweise akzeptiert hatte und unser Patient soweit versorgt war, nahmen wir Kurs auf das vorinformierte Krankenhaus.

Etwa auf halbem Wege funkte uns die Leitstelle an, dass die Polizei das fehlende Knochenstück gefunden hätte. Die Beamten wollten jetzt wissen, was sie damit machen sollten.

Kurzentschlossen war unsere Antwort, dass sie es ins Krankenhaus nachbringen sollten, wenn sie schnell wären. Etwa fünf Minuten nachdem wir in der Klinik angekommen waren, hörten wir zu unserer Überraschung das Martinshorn der

Polizei. Eigentlich hatten wir nicht ganz so schnell damit gerechnet, da die Beamten im Normalfall erst den Unfall vollständig aufnehmen und dann für andere Aufgaben zur Verfügung stehen. Egal, ich machte mich also in Richtung Eingang auf, um der Polizei entgegen zu gehen.

Auf halbem Weg kam mir dann ein Beamter entgegen, der in der Hand einen gebrauchten Gummihandschuh hielt, der augenscheinlich das Knochenfragment enthielt. Irgendwie aber muss ihm diese Aktion nicht so ganz geheuer gewesen sein, denn seine Gesichtsfarbe harmonierte ganz hervorragend mit dem Grün seiner Uniformjacke.

Der fliegende Rettungsassistent

Wir waren zu einem Verkehrsunfall am Busbahnhof in der Nachbarstadt gerufen worden. Der Patient war soweit versorgt und ich wollte jetzt die Trage aus unserem Fahrzeug holen, als sich gerade ein Linienbus näherte. Mein aufmerksamer Kollege zählte schnell eins und eins zusammen: Der Bus will sicher zum Busbahnhof, wozu also sollten wir ihn behindern. Ist doch eine Kleinigkeit, das Einsatzfahrzeug einige Meter wegzustellen, damit der Bus an seine Haltestelle fahren konnte.

Nett und immer hilfsbereit gedacht, aber er hatte dabei eine winzige, aber entscheidende Kleinigkeit übersehen: Mich! Ich hatte gerade den Türgriff der Heckklappe in der Hand, als das Superhirn, das sich Kollege nannte, mit dem Auto anfuhr und mir eine ungewollte Flugstunde vor interessiertem Publikum schenkte. Immerhin hatte er mit dieser Aktion eindeutig und nachhaltig bewiesen, dass man auch mit einem Intelligenzquotienten unter Null lebensfähig ist.

Wenn Blicke töten könnten

Der Brand einer Sporthalle im Ort brachte vor nicht allzu langer Zeit ein Großaufgebot der Feuerwehr zum Einsatz. Einhundertsechzig Mann und vierunddreißig Fahrzeuge waren im Einsatz. Dass die mehrstündigen Löscharbeiten dabei auch vom Rettungsdienst abgesichert werden, versteht sich von selbst. Hierfür bot sich die Versorgung und Sicherstellung von erster Hilfe durch die Schnelleinsatzgruppe und den Ortsverein des Deutschen Roten Kreuzes an.
Etwas knifflig gestaltet sich bei so einem Einsatz dann die Auswahl des Ortes, an der man die Fahrzeuge und Zelte aufstellen kann, ohne die Feuerwehr in der Arbeit zu behindern.
In unserem Fall bot sich eine kleine Sackgasse in unmittelbarer Nähe zum Brandort an. Nachteil dieser Entscheidung war, dass mit den Rettungsdienstfahrzeugen und Zelten die Straße völlig blockiert war, auch für die Anwohner.
Nachdem alles soweit aufgebaut war und der Einsatz bereits eine gute Stunde lief, kam natürlich was kommen musste:

Großbrand einer Sporthalle

Einige Anlieger wollten aus der Strasse wieder heraus. Wenn es nur ein, zwei Anlieger gewesen wären, hätte das nichts ausgemacht, aber dummerweise war gerade eine Versammlung der Zeugen Jehovas zu Ende gegangen und rund sechzig Personen wollten wieder nach Hause. Ungefähr fünfzehn Fahrzeuge waren am Ende der Sackgasse geparkt und kamen nicht mehr heraus. Zum Glück waren die restlichen Autos im Umkreis abgestellt, so dass Mitfahrten angeboten wurden, bis die blockierten Autos wieder frei waren. Zu diesem Zweck mussten einige Mitglieder der Glaubensgemeinschaft über eine kniehohe Absperrkette steigen und einen schmalen Weg zur nächsten Querstrasse nehmen. Nachdem sich dann aber die dritte Dame im züchtigen, knöchellangen Rock abmühte über Kette zu kommen, konnte sich mein Kollege den Kommentar nicht verkneifen, dass in manchen Fällen ein Minirock doch massive Vorteile hat. Wenn Blicke töten könnten, wäre er auf der Stelle umgefallen.

Sprachfertigkeit

Zur besten Schlafenszeit wurden wir zu einem unklaren internistischen Notfall gerufen. Abgesehen von der Adresse und dem Patientennamen hatten wir keine weiteren Informationen erhalten.
Am Einsatzort angekommen nahm uns der Ehemann der Patientin in Empfang und versuchte uns mit einiger Mühe zu erklären, was vorgefallen sei. Entschuldigend wies er uns dann darauf hin, dass seine Frau und er der deutschen Sprache nicht sehr gut mächtig seien. Er sei Engländer und seine Frau Italienerin und bisher hatten Sie fast nur in englischsprachigen Ländern gelebt. Wozu aber beherrscht man Fremdsprachen, also wurde die weitere Abklärung eben in Englisch geführt.
Der dramatische Notfall stellte sich schnell als geringfügige Kreislaufbeschwerde nach Einnahme eines erstmalig durch den Hausarzt verschriebenen Medikamentes dar und eine Einweisung ins Krankenhaus war folglich nicht notwendig. Die Patientin fragte mich dann im Laufe der Unterhaltung wo ich meinen amerikanischen Akzent her habe. Als ich es ihr erklärte, entwickelte sich eine lockere Unterhaltung über den Westen der USA, insbesondere die Stadt Las Vegas und deren Vorzüge.

151

Nach einer gewissen Zeit aber machte unser Notarzt nachdrücklich geltend, dass wir wieder zur Wache zurückfahren sollten. Er würde gerne noch einige Minuten den dringend benötigten Matratzenhorchdienst versehen.

Wir packten also unsere Gerätschaften wieder zusammen und gingen Richtung Ausgang. Auf dem Weg dorthin fiel meinem Kollegen erstmals auf, wie gross die Wohnung in Wirklichkeit war. Voller Bewunderung und in bester Ludwig Erhard Tradition meinte mein Kollege dann wörtlich zu dem Ehemann der Patientin: „I've never seen diese Wohnung". Das hätte die Wohnungsinhaber auch sehr gewundert, wenn mein Kollege die Wohnung schon gekannt hätte, obwohl er offiziell noch nie darin gewesen war.

In jedem Fall hatte sich der Englisch Grundkurs aus der Schule hier wirklich bezahlt gemacht um den Wohnungseigentümer nachhaltig mit den vorhandenen Fremdsprachenkenntnissen zu beeindrucken.

Murphy's Gesetze für den Rettungsdienst

Im allen Berufssparten gibt es Gesetzmäßigkeiten, bei denen von allen möglichen Varianten immer die Schlechteste eintritt. Dies sind Murphy's Gesetze. Die für den Rettungsdienst gültigen habe ich hier nachfolgend, ohne Anspruch auf Vollständigkeit, aufgeführt. Und bitte nicht vergessen: Murphy war Optimist.

- **Das Gesetz des Essens:**

  o Jeder Notfalleinsatz wartet bis du angefangen hast zu essen, egal zu welcher Zeit.

      ⇨ Folgerung 1: Weniger Unfälle würden passieren, wenn das im Rettungsdienst beschäftigte Personal niemals essen würde.

      ⇨ Folgerung 2: Essen immer „zum Mitnehmen" bestellen.

- **Das Gesetz der Ablösung:**

  o Es gibt absolut keinen Zusammenhang zwischen geplantem und tatsächlichem Schichtende.

  o Bei folgender Gleichung: T+1 = Zeitpunkt der Ablösung, ist T der Zeitpunkt des letzen Einsatzes. Beispiel: Schichtende: 19:00 Uhr => letzter Einsatz 18:59 Uhr.

- o Sollte die Ablösung einmal früher kommen, begegnet man dem Kollegen an der erstbesten Straßenkreuzung.

- **Das Gesetz der Schwerkraft:**

  - o Ausrüstungsgegenstände fallen grundsätzlich an die Stelle, an der man sie am schlechtesten wieder bekommt.

- **Das Gesetz von Zeit und Entfernung:**

  - o Die Entfernung der Wache zum Einsatzort wächst im selben Verhältnis, wie die Zeit bis zu Ablösung kürzer wird.
    - ⇨ Folgerung: Die kürzeste Strecke von der Wache zum Einsatzort ist noch in Planung

- **Das Gesetz der Zufälligkeit:**

  - o Notfalleinsätze laufen zufällig alle zur selben Zeit auf.

- **Der Grundsatz für das Fahrdienstpersonal:**

  - o Nimm immer an, dass das Fahrdienstpersonal aus Idioten besteht, bis dich ihre Handlungen in deiner Annahme bestätigen.

- **Der Grundsatz für Leitstellenpersonal:**

  o Nimm immer an, dass das Leitstellenpersonal aus Idioten besteht, bis dich ihre Handlungen in deiner Annahme bestätigen.

  o Die Existenz oder Nichtexistenz egal welcher Adresse ist nur von untergeordneter Bedeutung für den Disponenten.

  o Wenn ein Straßenname falsch verstanden werden kann, wird ihn der Disponent falsch verstehen.

  o Wenn ein Straßenname nicht falsch verstanden werden kann, wird ihn der Disponent trotzdem falsch verstehen.

  o Der Disponent hat immer Recht, egal wie falsch seine Aussagen sind.

- **Das Gesetz nächtlicher Verkehrsunfälle:**

  o Wenn du nach Mitternacht zu einem Verkehrsunfall gerufen wirst und keinen Betrunkenen an der Einsatzstelle findest, suche weiter: Ein Beteiligter fehlt ganz sicher noch.

- **Das Gesetz der Ehrlichkeit:**

  o Jeder Betrunkene gibt maximal zwei getrunkene alkoholische Getränke zu, egal wie betrunken er ist.

- **Das Gesetz der Wahlmöglichkeiten:**

  o Jeder Betrunkene, dem die Wahl gelassen wird, entweder mit der

Polizei auf das Revier, oder vom Rettungsdienst ins Krankenhaus gebracht zu werden, wird grundsätzlich schneller im Rettungswagen sein, als du selbst.

⇨ Folgerung: Jeder Betrunkene der sich für die Polizei entscheidet war höchstwahrscheinlich in der letzten Zeit bei mir im Fahrzeug.

- **Das Gesetz der Dringlichkeit:**

  o Die Dringlichkeit einer Versorgung durch den Rettungsdienst nimmt zu, je länger der Grund einer Erkrankung zurückliegt.

    ⇨ Folgerung: Ein Patient mit Bandscheibenvorfall, der nachts um 04:00 Uhr geholt wird, hat diesen Bandscheibenvorfall mindestens vor vier Wochen erlitten, konnte aber die Schmerzen erst jetzt nicht mehr ertragen.

- **Das Gesetz der Geschwindigkeit:**

  o Es spielt keine Rolle wie schnell man mit dem Rettungswagen zum Einsatz fährt, es ist immer zu langsam, ausser man überholt einen Streifenwagen, dann ist es garantiert zu schnell. Ausnahme: Du fährst zu einem Einsatz, bei dem ein Polizist verletzt wurde, dann ist es unmöglich, schnell genug zu fahren.

- **Das Gesetz des Sondersignals:**

  o Jedes Einsatzfahrzeug, ob auf dem Weg zum Einsatz oder auf dem Weg ins Krankenhaus wird, wenn es mit Sondersignal fährt von allen anderen Autofahrern, Fußgängern oder Straßenkötern entlang der Stecke ignoriert.

- **Das Gesetz des Intubation:**

  o Jeder Patient, der erbrochen hat und intubiert werden muss, hat gerade ein ausgedehntes Essen hinter sich, mit großen Mengen an Zwiebeln, Knoblauch und sauerem Hering, welches er mit mindestens drei Dosen Bier nachgespült hat.

- **Das Gesetz der Ausrüstung:**

  o Jeder lebensrettende Ausrüstungsgegenstand wird niemals defekt sein bis: a) man ihn dringend braucht, oder b) der Vertreter der Herstellerfirma wieder weg ist.

- **Das Gesetz der Toilette:**

  o Wenn ein Einsatz zwischen 04:00 Uhr und 06:00 Uhr morgens reinkommt, befindet sich der Patient immer in einem Badezimmer.

- o Die Wahrscheinlichkeit, einen Einsatz zu bekommen wächst proportional zu der vergangenen Zeit, seit du zum letzten Mal auf der Toilette warst.
  - ⇨ Folgerung 1: Wenn du gerade auf der Toilette warst, kommt bestimmt kein Einsatz.
  - ⇨ Folgerung 2: Wenn du noch nicht auf der Toilette warst, wirst Du es sehr bald bedauern.

- **Das Gesetz der Triage:**

  - o Bei jedem Unfall ist die Schwere der Verletzung umgekehrt proportional zu der Menge und Lautstärke der Schmerzschreie des Patienten.

- **Das Gesetz der Dienstanweisungen:**

  - o Je einfacher die Dienstanweisung, umso komplizierter und umständlicher ist sie formuliert.
    - ⇨ Folgerung 1: Wenn du die Anweisung nicht verstehst, handelt es sich mit Sicherheit um eine Selbstverständlichkeit.
    - ⇨ Folgerung 2: Wenn du meinst die Anweisung zu verstehen, irrst du dich.

- **Das Gesetz der Lehrrettungsassistenten:**

  - o Diejenigen, die nichts können, unterrichten.

- **Das Gesetz der Einsatzleiter:**

  o Diejenigen, die nichts können und auch nicht unterrichten, leiten Einsätze.

- **Das Gesetz des Lichtes:**

  o Je ernster die Verletzung eines Patienten, desto weniger Licht steht bei der Versorgung zur Verfügung.

- **Das Gesetz des Raumes:**

  o Je mehr Platz benötigt wird, um adäquat am Patienten arbeiten zu können, desto kleiner ist der zur Verfügung stehende Raum.

- **Das Gesetz des Wetters:**

  o Die Stärke des Regens steigt überproportional mit der für die Versorgung eines Patienten im Freien benötigten Zeit.

- **Das Gesetz der Relativität:**

  o Die Anzahl unkooperativer und störender Angehöriger steigt exponentiell mit der Schwere der Verletzung oder Erkrankung des Patienten.

- **Das Gesetz des Höhe:**

  o Das Gewicht des Patienten wächst im Quadrat zur Zahl der Stockwerke, die der Patient transportiert werden muss.

  o Je schlechter der Patient zu transportieren ist, desto höher wohnt er.

  o Wenn ein Patient im Erdgeschoss verunglückt oder erkrankt, wird er von Angehörigen mit Sicherheit an den höchsten Punkt der Wohnung verschleppt.

  o Wenn ein Patient schlecht zu transportieren ist, ist der Aufzug defekt, die Beleuchtung im Treppenhaus ausgefallen und das Treppenhaus mit Blumenkübeln verstellt.

- **Das Gesetz der Transportverweigerung:**

  o Eine lebensbedrohliche Situation wird unmittelbar eintreten, nachdem man vom Haus eines Patienten wegfährt, der einen gerade herausgeworfen hat.

- **Das Gesetz der Passanten:**

  o Jeder Passant, der Hilfe anbietet, wird dir keine geben.

  o Ein zufällig an der Einsatzstelle befindlicher Arzt ist grundsätzlich Pathologe oder Psychiater, bis das Gegenteil bewiesen ist.

- o Drehe niemals einem Proktologen den Rücken zu.

- **Das Gesetz der Schulklassen:**

  - o Eine unendliche Anzahl neugieriger Schüler passt in den Patientenraum eines Rettungswagens und wird, bei entsprechender Gelegenheit, auch unweigerlich einsteigen.
    - ⇨ Folgerung 1: Kein Notfalleinsatz wird kommen, bis alle Kinder im Wagen sind und mit der Ausrüstung spielen.
    - ⇨ Folgerung 2: Es wird unter Garantie mindestens viermal so lange dauern die Kinder wieder aus dem Fahrzeug heraus zu bekommen, wie hinein.
    - ⇨ Folgerung 3: Ein wichtiger Ausrüstungsgegenstand wird fehlen.

- **Das Gesetz der Berufsanfänger:**

  - o Der wahre Wert von Rettungsdienstanfängern wird, in Zahlen ausgedrückt, immer ein negativer sein. Die Höhe dieser Zahl kann einfach bestimmt werden, indem man seine Fähigkeiten auf einer Skala von 1-10 feststellt.
    - ⇨ Für die medizinischen Fähigkeiten: 1 = diplomiertes

Gesundheitsrisiko, 10 =
Universitätsprofessor.
⇨ Für die fahrerischen
Fähigkeiten: 1 =
Verkehrshindernis, 10 =
Formel 1 Weltmeister
o Den wahren Wert von Anfängern
findet man durch einfaches negieren
der Selbsteinschätzung des
Anfängers.
⇨ Folgerung: Behandle jeden
Anfänger der Dir zugeteilt wird
wie einen Passanten. (Siehe:
Gesetz der Passanten)
oDie medizinischen Fähigkeiten eines
Neulings im RD stehen im umgekehrt
proportionalen Verhältnis zu Inhalt
und Größe seines Gürtelholsters.
⇨ Einen ultimativen Neuling im
Rettungsdienst erkennst du am
Notfallkoffer an seinem Gürtel

- **Das Gesetz der Gesetze:**

o Sobald eine Rettungsdienstregel als
absolut anerkannt ist, wird
augenblicklich eine Ausnahme von
der Regel auftreten.

Und dann war da noch...

- der Hausarzt, der uns eine Stichverletzung mit dem Taschenmesser in den Unterbauch als „stumpfes Bauchtrauma" ankündigte.
- die Einweisung des Rettungshubschraubers durch den Leitstellendisponenten mit den Worten: „Wenn Sie in den Ort reinfahren nehmen Sie die erste Straße links..."
- der Feuerwehrkommandant, der bei einer Drehleiterrettung wenige Meter hinter dem Gerätehaus zu uns meinte, das er sich freue endlich einmal einen Einsatz zu erleben, zu dem er hinlaufen konnte.
- der Hausarzt, der uns mit dem Kommentar anforderte: „Wenn ihr schnell kommt, braucht ihr keinen Notarzt mitbringen."
- der Leitstellendisponent, welcher der Besatzung des Rettungswagens, der bei Eisglätte in den Graben gerutscht war freudig mitteilte, dass der angeforderte Abschleppwagen zehn Autos hinter dem RTW im selben Graben stehen würde.
- der Feuerwehrmann, der die Besatzung des Mehrzweckfahrzeugs über den landkreisweit zu hörenden Funk erinnerte, die Schokoladennikoläuse für die Altersmannschaft nicht zu vergessen.
- die Feuerwehrangehörigen, die bei einer Nachtlandung des Rettungshubschraubers den Lichtmast auf den anfliegenden Heli ausrichteten und so den Piloten mit Nachtsichtgerät nachhaltig blendeten.
- der Hausarzt, der bei einem frischen Herzinfarkt ein finales Belastungs-EKG schrieb.

163

- der Leitstellendisponent, der bei schlechter Funkverbindung die Besatzung einer Rettungswache mit fest verankertem Funkgerät aufforderte einen Standortwechsel zu machen, damit er sie besser verstehen könne.
- der Polizist, der über Funk beim Revier nachfragte, ob der Besitzer einiger ausgebrochenen Kühe inzwischen ausfindig gemacht worden ist, „da sich jetzt zwei Bullen in unmittelbarer Nähe der Tiere" befänden.
- die Besatzung eines Rettungswagens, die bei der Frage nach ihrem konkreten Standort antworteten: Im Wald, jenseits jeglicher Zivilisation.
- der Notarzt, der den Familienangehörigen sein Beileid aussprach, während die Besatzung des Rettungswagens beim Patienten gerade einen stabilen Herzrhythmus hergestellt hatte.
- die Hubschrauberbesatzung, die beim Anblick des Notarztes laut meinte: "Oh nein, nicht schon wieder der!"
- der Notarzt, der einen im Fernsehsessel sitzenden Patienten versuchte wiederzubeleben.
- der Notfalleinsatz mit einem Rettungswagen, dessen Patientenraum mit vier Winterreifen und zwei Kartons Einmaldecken so vollgestellt war, dass die Besatzung nicht einmal an das Material in den Schubladen kam.
- der Narkosearzt, der während der Vorbereitung zur Intubation zum Rettungshelfer sagt: "Sie kennen sich doch

mit den Medikamenten aus. Helfen Sie doch bitte dem Hubschrauberarzt."

- der Rettungsassistent, der nach Abholung eines Ersatzfahrzeuges auf einer Rettungswache vergaß das Rolltor zu schliessen, da er als Einziger im ganzen Betrieb der Meinung war, dass das Tor mit einer Zeitautomatik versehen sei und so bis zur Rückkehr der regulären Besatzung einen inoffiziellen "Tag der offenen Tür" veranstaltete.

- der Kfz-Mechaniker, der sich den in der Werkstatt stehenden Krankenwagen schnappte und mit Blaulicht zu seiner Wohnung fuhr, als er den Anruf seiner Frau erhielt, dass die Waschmaschine in seiner Wohnung brenne.

- die Rettungsdienstbesatzung die bei einem Notfalleinsatz der Leitstelle absagen muss, weil sich der Rettungswagen durch eine Fehlfunktion der Zentralverriegelung rundherum verschlossen hatte, während der einzig vorhandene Schlüssel im Zündschloss steckte.

- Der Kreisbrandmeister, der an einer Brandstelle auf einen ungeschützten Dieseltank aufmerksam gemacht wird und mit dem Kommentar „Gebt dem Feuer doch auch mal eine Chance" reagiert.

Epilog

Obwohl ich zwischenzeitlich nicht mehr im Rettungsdienst aktiv bin, lässt mich diese Tätigkeit offenbar trotzdem nicht mehr los, wie folgende Begebenheit Anfang 2006 zeigt:

Am Abend sind wir dann ab San Francisco mit der Lufthansa wieder nach Frankfurt gestartet. Die 747 hob auch planmässig in SFA ab und machte sich auf den Weg nach Frankfurt.
Ungefähr 2 Stunden nach dem Start, als gerade die Reste des Abendessens abgeräumt wurden, wollte ich mich - in Erwartung einer vierstündigen Autofahrt nach unserer Ankunft in Frankfurt - schlafen legen (soweit dies in der Economy Class halt möglich ist). In dem Moment fragte die Besatzung über die Kabinenlautsprecher, ob ein Arzt an Bord sei. Gut, da ich ausgebildeter Rettungsassistent bin, meldete ich mich bei der Besatzung. Eine Stewardess schickte mich zur Galley zwischen Business- und Economy Class, wo ein ca. 70-jähriger Mann saß, der augenscheinlich massive Atemprobleme hatte und sich erbrach. Mit mir hatten sich noch ein Kardiloge und ein Röntgenarzt eingefunden. Nach Anblick des Patienten zog sich der Radiloge aber sofort wieder zurück.
Somit verblieben der Kardiologe, ich und eine Handvoll Flugbegleiterinnen. Der Kardiologe stammte aus den USA und konnte verständlicherweise kein Deutsch, womit die Zusammenarbeit deutlich interessanter, aber trotzdem problemlos möglich war.
Mit Mühe und Not bekamen wir die Information aus dem Mann heraus, dass er bekannter

Asthmatiker war, er aber keine der ihm bekannten Asthmasymptome hatte. *Ausserdem war der Patient schwerhörig, kaltschweissig und äusserst unruhig, so dass wir praktisch keine weitere Info und nur unter größten Mühen einen verwertbaren Blutdruck bekamen. Den über Maske angebotenen Sauerstoff lehnte er energisch ab.*

Diese Erstaktion dauerte so in etwa 5 Minuten, als aber bereits aus dem Cockpit die Nachfrage kam, ob eine Zwischenlandung erforderlich sei. Wir gaben als Antwort, dass wir dies innerhalb der nächsten 5 Minuten wissen würden.

Gut, wir brauchten zur Entscheidung nur noch 3 Minuten, da uns der Patient plötzlich mit einem Atemstillstand kollabierte. Wir haben ihn dann zusammen so auf den Boden gelegt, dass wir besser an ihm arbeiten konnten, wobei uns die Crew die erstaunlicherweise gut ausgerüsteten Medical-Kits der Lufthansa anreichte.

Der Kardiloge und ich verständigten uns, dass ich die Kopfposition übernehmen sollte und er an der Seite bleiben würde, um bei einer möglicherweise erforderlichen Wiederbelebung die Herzkompressionen zu übernehmen. Er wollte dies so, da er als Kardiologe nicht intubieren könne, er dies zum letzten Mal vor Jahren gemacht hatte und bei ihnen in der Klinik diese Arbeit immer von den Narkoseärzten übernommen wird.

Ok, ich hatte da etwas mehr Erfahrung, auch wenn mein letztes Mal einige Zeit zurücklag.

Zu dem Zeitpunkt musste ich aber nur mit dem angereichten Beatmungsbeutel beatmen, während sich der Arzt die Medikamentenliste des Flugzeugs zeigen liess. Leider war diese ausschließlich mit deutschen Arzneimittelnamen

ausgedruckt, so dass ich die wieder für den Kardiologen übersetzen musste.
Zwischenzeitlich legte eine sehr junge Flugbegleiterin den vollautomatischen Defibrillator an, so dass wir auf dem Display die Herzaktionen kontrollieren konnten. Zu diesem Zeitpunkt stellten wir die ersten zwei Probleme des medizinischen Geräts fest:
1. Man konnte den Sauerstoff nicht direkt an den Beatmungsbeutel anschließen, dafür musste ich erst eine Verbindung mittels Absaugkatheter basteln und
2. die Sprachansagen des automatischen Defibrillators waren im Flugbetrieb unhörbar leise.
Dummerweise mussten wir jetzt gerade auf diesen Defi zurückgreifen, da der Patient jetzt auch im Herzstillstand angekommen war.
Vereinbarungsgemäss drückte also der Kardiologe auf den Brustkorb des Patienten während ich ihn beatmete.
Ich ließ mir also das notwendige Gerät zur Intubation geben und hier stießen wir auf Hauptproblem 3:
Das Laryngoskop zum Einstellen des Kehlkopfs um den Schlauch einzuführen war vorhanden und einsatzbereit, dummerweise gab es aber keinen einzigen Beatmungsschlauch an Bord.
Also blieb nur die Option weiter mit Beatmungsbeutel und Maske zu beatmen und das Risiko einzugehen, dass der Patient unter den Wiederbelebungsversuchen weiter erbricht und dies dann wieder durch die Beatmung in die Lunge gerät, was äusserst kontraproduktiv ist und entsprechend Murphys Law in der direkten Folge auch passierte.

Wir bekamen dann aus dem Cockpit die Info, dass wir bis zur Landung noch ungefähr eine Stunde Zeit hätten. Der nächstgelegene, geeignete Flughafen wäre Winnipeg in Kanada. Toll, eine Stunde mit einem schlecht zu reanimierenden Patienten unterwegs, das kann ja was geben. Wir waren so zirka dreißig Minuten am Reanimieren, wobei der Patient auf keine Aktion unsererseits irgendeine positive Reaktion zeigte. Wir machten uns daher langsam aber sicher Gedanken über den Abbruch unserer Bemühungen. Der Kardiologe wollte aber nicht offiziell den Tod feststellen und so liessen wir in Winniepeg nachfragen, ob das zuständige Krankenhaus in Rücksprache diese Entscheidung treffen wolle beziehungsweise könne. Dort aber wollte man die Entscheidung verständlicherweise auch nicht treffen, da sie den Patienten ja nicht kannten. Folgerichtig entschied unser Arzt dann doch 25 Minuten vor der Landung die Entscheidung, die Wiederbelebungsmaßnahmen einzustellen.

Bis 5 Minuten vor der Landung waren wir dann noch beschäftigt, den Schauplatz einigermaßen aufzuräumen und den Patienten auch, soweit möglich sicher für die Landung zu lagern. Der Pilot war auch zu diesem Zeitpunkt erst fertig 40 Tonnen Treibstoff über Kanada abzulassen, damit wir ein zulässiges Landungsgewicht hatten.

Die Landung selbst war problemlos und wir rollten zum grössten Fingerdock des Flughafens Winniepeg. Dort passierte dann erst mal rund zehn Minuten gar nichts, da das Fingerdock sehr zu unserem Leidwesen aufgrund der

Temperaturen im Januar eingefroren war und sich nicht bewegen ließ.

Die versammelten Rettungskräfte aus Winnipeg warteten zwar auf dem Flugfeld, kamen aber in Ermangelung einer entsprechenden Leiter nicht ans Flugzeug. OK, in dem Fall war es für den Patienten unerheblich, noch schlechter konnte es ihm ja nicht mehr gehen.

Als dann endlich der Fingerdock doch in Betrieb genommen werden konnte, konnten wir die Übergabe an den örtlichen Rettungsdienst machen und erfuhren, dass die Sache rechtlich erst einmal als Crime Scene Investigation lief, da es einen Toten mit unklarer Situation gab. Diese Tatsache verzögerte unseren Aufenthalt noch etwas, da wir auf die zuständige Gerichtsmedizinerin warten durften.

Die Behördenarbeit mit der Polizei und dem Coroner dauerte gut eineinhalb Stunden bis wir wieder prinzipiell in der Lage gewesen wären, erneut nach Frankfurt zu starten. Leider, so erfuhren wir, ist Winnipeg eigentlich nicht für Jumbojets geeignet, so dass das erforderliche Auftanken erheblich länger als gedacht dauerte und dann im Anschluss auch die Maschine noch enteist werden musste.

Erfreulicherweise bekamen der Arzt und ich als Dank für die Hilfe das Angebot, den Rest der Reise, immerhin noch siebeneinhalb Stunden in der Ersten Klasse (Oberdeck, Beinraum 3,5 Meter, breite Liegesitze, erstklassiges Essen, Schlafanzug, eigener Waschbeutel nur für den Flug, u.s.w. - der Platz kostet sonst ca. 3000€) fortzusetzen, was wir uns natürlich nicht entgehen liessen. Als zusätzliches "Zuckerl" gab es dann noch eine Flasche Champagner als Geschenk.

Der Doc und ich hatten überhaupt während der restlichen Reise Narrenfreiheit, während die restlichen Passagiere während des Aufenthalts in Winnipeg die Sitze faktisch nicht verlassen durften, konnten wir uns frei im Flugzeug und im Fingerdock bewegen. Schön, etwas Bewegung zu haben. Insgesamt hatten wir bei der Landung in Frankfurt viereinhalb Stunden Verspätung, was natürlich bei den Passagieren mit Anschlussflügen zu erheblichen Problemen führte. Ich selbst musste zum Glück nur noch ein paar Stunden mit dem Auto heimfahren, aber glücklicherweise konnte ich dies dank der entspannenden Liegesitze der First-Class sehr entspannt tun.

Etwa zwei Wochen später bekam ich dann abschließend noch einen Brief der Lufthansa mit einem Dankesschreiben und einem Gutschein für einen Freiflug innerhalb Europas.

Wie man sieht: Der eigenen Vergangenheit entkommt man nie.

Glossar

Apoplex: Schlaganfall

Defibrillator: Ein Gerät zum Verabreichen von Elektroschocks um lebensbedrohliche Herzrhythmusstörungen behandeln zu können.

Densfraktur: Bruch des Knochendorns im 2. Halswirbel

Dialyse: Blutwäsche bei ungenügend arbeitenden Nieren.

DRF: Deutsche Rettungsflugwacht

EKG: Elektrokardiograph. Gerät zur Darstellung der elektrischen Erregungsleitung am Herzen.

Externer Fixateur: Ein durch die Haut von außen befestigtes Haltesystem, um zum Beispiel Knochenbrüche ruhig zu stellen.

HWS: Halswirbelsäule

Inkubator: Versorgungs- und Transportgerät für Neu- und Frühgeborene Kinder.

Intubation:	Einführen eines Schlauches in die Luftröhre um die Atmung sicherzustellen.
KTW:	Krankentransportwagen.
Laryngoskop:	Metallspatel zur Hilfe bei der Intubation.
NEF:	Notarzteinsatzfahrzeug. Es dient dazu, den Notarzt zum Einsatzort zu bringen. Ein Patiententransport ist mit diesem Fahrzeug nicht möglich.
Pulsoxymeter:	Gerät zum Messen der Sauerstoffsättigung im Blut.
Reanimation:	Wiederbelebung.
RTH:	Rettungstransporthubschrauber
RTW:	Rettungstransportwagen. Ein deutlich besser ausgestattetes Rettungsmittel, um Notfallpatienten adäquat versorgen zu können.
SAR:	Search and Rescue (Suchen und Retten)
Schaufeltrage:	Eine flache Trage aus Leichtmetall oder Kunststoff, die der Länge nach geteilt werden kann.

173

Stethoskop:	Werkzeug zum Abhören.
THW:	Technisches Hilfswerk.
Vakuummatratze:	Spezielle Kunststoffmatratze, die mit Styroporkügelchen gefüllt ist. Durch Absaugen der Luft wird diese Matratze fest und kann Patienten sehr gut im Liegen fixieren. Ideal für Verletzungen der Wirbelsäule.
ZDL:	Zivildienstleistender.